光文社文庫

長編時代小説

暁《ぎょう》光《こう》の断

勘定吟味役異聞㈥

決定版

上田秀人

光 文 社

本書は、二〇〇八年一月に光文社文庫より刊行した作品を、文字を大きくしたうえでさらに著者が大幅加筆修正したものです。

『暁光の断　勘定吟味役異聞（六）』目次

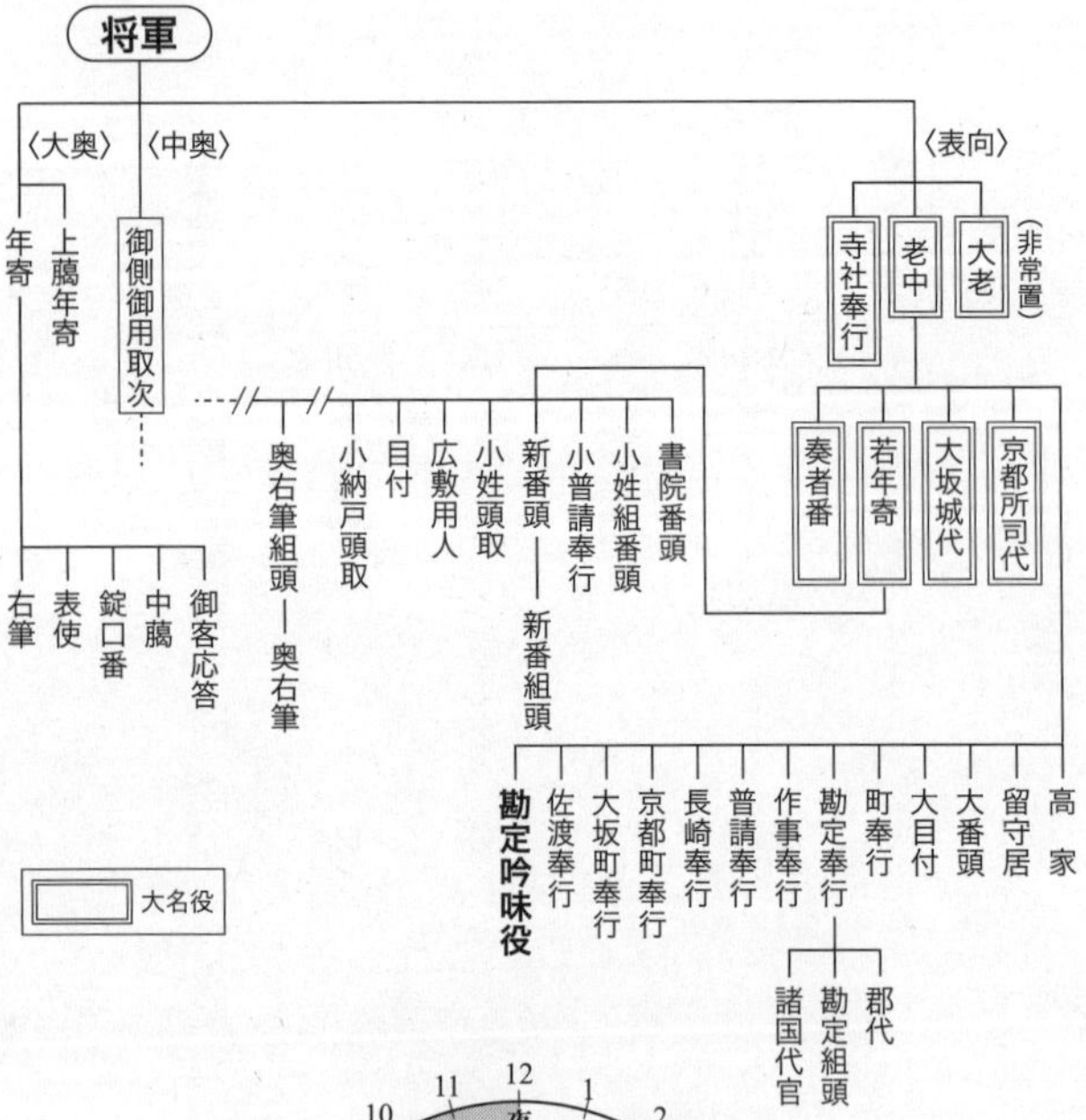

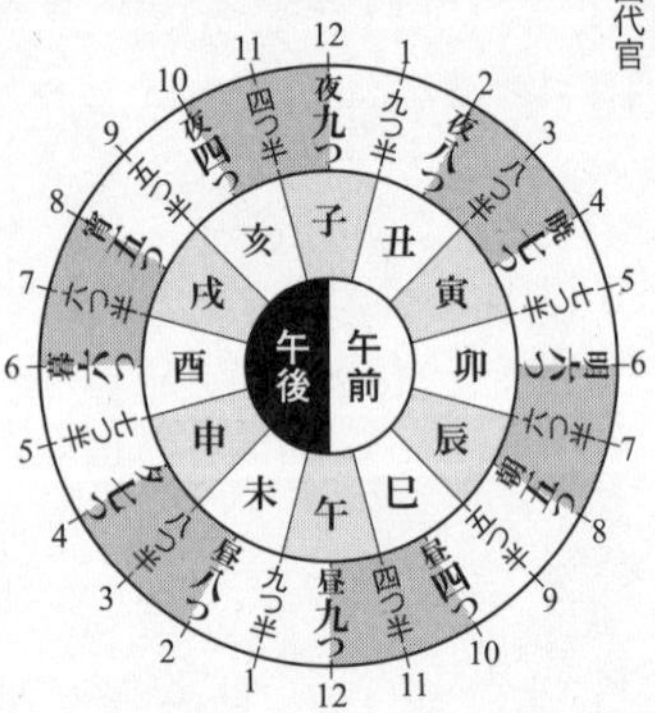

江戸の時刻（外の数字は現在の時刻）

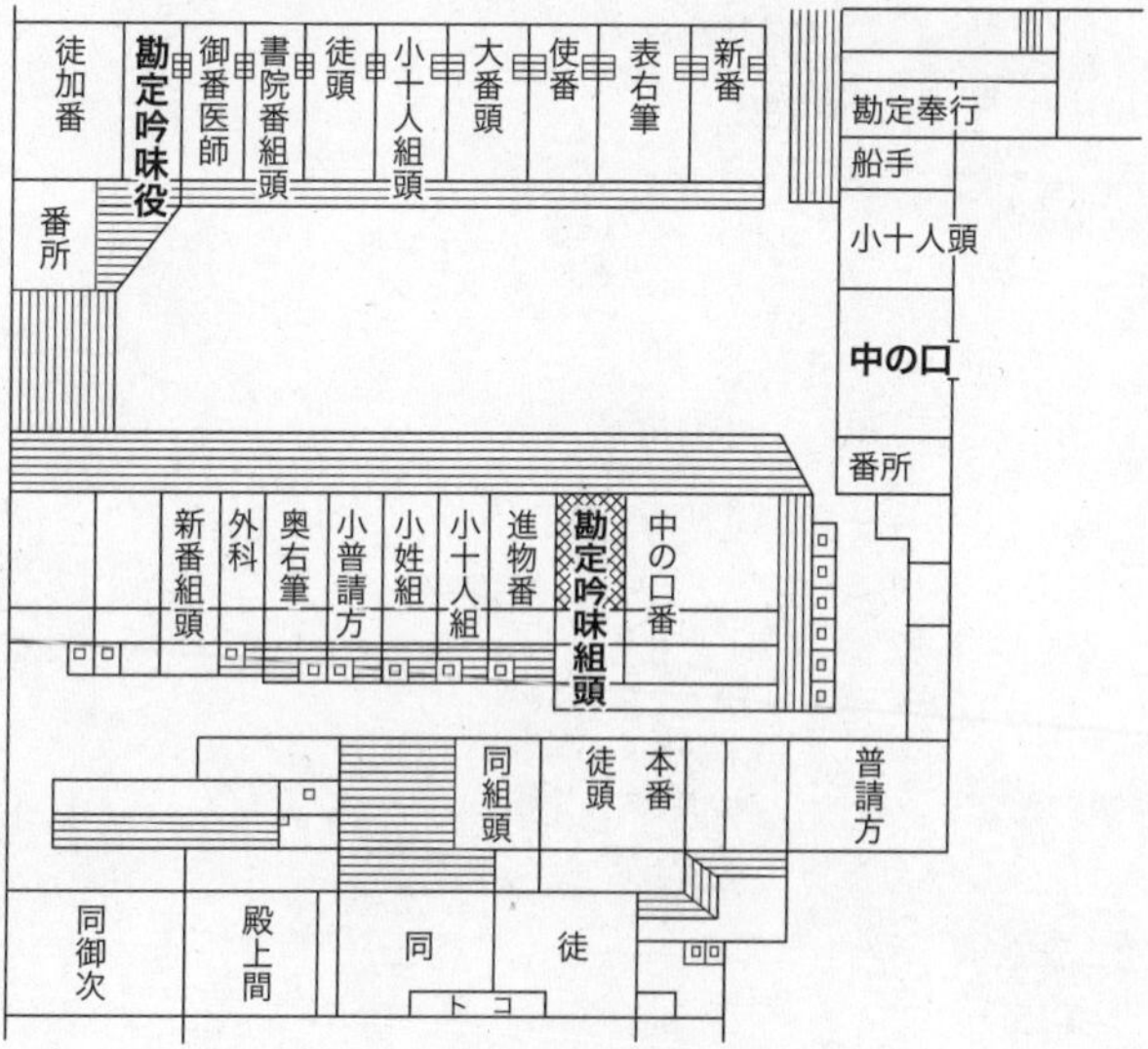
徒加番
勘定吟味役
御番医師
書院番組頭
徒頭
小十人組頭
大番頭
使番
表右筆
新番
番所
勘定奉行
船手
小十人頭
中の口
番所
新番組頭
外科
奥右筆
小普請方
小姓組
小十人組
進物番
勘定吟味組頭
中の口番
同組頭
徒頭
本番
普請方
同御次
殿上間
同
徒

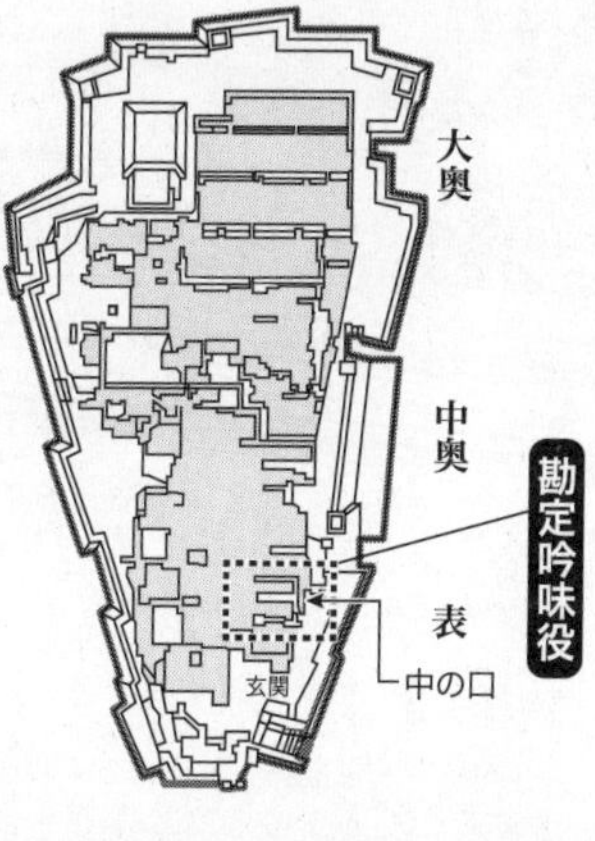
大奥
中奥
表
玄関
勘定吟味役
中の口

尾張殿上屋敷
市谷
早稲田村
江戸川
音羽
護国寺
至板橋宿
江戸川橋
大塚
巣鴨
赤城明神
御納戸町
石切橋
日光御成街道
神楽坂
若宮八幡宮
切支丹坂
御薬園
中山道
小日向馬場
牛込御留守居町
牛込御門
番町
傳通院
小石川
白山
神明宮
田安御門
駒込
水戸徳川家上屋敷
小石川御門
清水御門
入江無手斎道場
春日町
水道橋
千駄木
水城聡四郎の屋敷
神田川
御弓町
本郷
加賀前田家上屋敷
竹町
道灌山
(柳沢家中屋敷)
下谷茅町
霊雲寺
根津権現
池之端七軒町
日暮里
神田明神
不忍池
湯島天神
昌平橋
忍ヶ岡
鍛冶町
明神下
昌平坂
筋違御門
池之端仲町
弁天
仁王門前町
東叡山寛永寺
根岸
谷中
外神田
下谷広小路
内神田
和泉橋
佐久間河岸
神田佐久間町
下谷金杉町
御徒町
下谷山崎町
通油町
豊島町
新シ橋
向柳原
左衛門河岸
三味線堀
広徳寺
下谷竜泉寺町
通塩町
柳原土手
幡随院
汐見橋
横山同朋町
広小路
両国
元鳥越町
猿屋町
甚内橋
茅町
浅草橋
米沢町
薬研堀
阿部川町
新吉原
柳橋
両国橋
御蔵前片町代地
新堀川
日本堤
大川
東本願寺
小塚原
水戸家石揚場
旅籠町
御米蔵
首尾の松
御蔵前通り
回向院
一ツ目之橋
御蔵前
浅草寺
奥山浅草
日光道中
御竹蔵
御厩河岸之渡し
浅草広小路
雷門
浅草観音
山谷町
駒形町
新鳥越橋
山谷堀
揚場
二ツ目之橋
浅草駒形堂
花川戸町
緑町
南割下水
吾妻橋
今戸橋
今戸町
本所
竹町之渡し
白鬚之渡し
竪川
源森橋
源森川
三囲稲荷
向島墨堤
三ツ目之橋
北割下水
小梅村
長命寺
木母寺
北辻橋
大横川
法恩寺橋
寺島村
新辻橋
業平橋
亀戸村
小梅村
四ツ目之橋
押上村
天神橋
十間川
柳島村
亀戸天神

紀伊徳川家屋敷
元赤坂町
天現寺
竹腰山城守屋敷
伝馬町
平河町
井伊掃部頭
中屋敷
四谷御門
渋谷川
麻布新町
善福寺
六本木
赤坂
氷川明神
赤坂御門
紀伊徳川家
上屋敷
市谷御門
四ノ橋
古川町
仙台坂
新網町
飯倉片町
市兵衛町
麹町
三ノ橋
二ノ橋
一ノ橋
溜池
中之橋
千鳥ヶ淵
芝車町
赤羽橋
葵坂
半蔵御門
三田町
虎之御門
西之御丸
至品川宿
増上寺
新シ橋
外桜田御門
雉子橋御門
和田倉御門
一橋御門
南町奉行所
江戸城
幸橋
土橋
北町奉行所
金杉橋
宇田川町
芝
浜松町
数寄屋橋
御門
汐留橋
呉服橋御門
神田橋御門
常盤橋御門
三十間堀
銀座町
竜閑橋
金杉川
濱御殿
木挽町
数寄屋町
一石橋
本町
今川橋
京橋
本両替町
西本願寺
本材木町
白魚橋
日本橋
大伝馬町
楓川
魚河岸
小伝馬町
八丁堀
弾正橋
組屋敷
八丁堀
海賊橋
江戸橋
荒布橋
茅場町
日本橋川
小網町
銀座
元大坂町
中之橋
諸国人入れ相模屋
亀島川
霊岸橋
稲荷橋
一ノ橋
新川
箱崎橋
松島町
久松町
鉄炮洲
高橋
行徳河岸
高砂橋
二ノ橋
湊橋
箱崎町
浜町堀
佃島
霊岸島
豊海橋
浜町
永久橋
箱崎川
石川島
永代橋
新大橋
御船蔵
佐賀町
今川町
上之橋
万年橋
江戸湊
黒江町
緑橋
万年町
大島町
油堀
材木町
海辺大工町
西光寺
永代寺
富岡橋
六間堀
山城橋
越中島
蓬莱橋
仙台堀
海辺橋
弥勒寺橋
高橋
深川元町
弥勒寺
富岡八幡宮
霊巌寺
亀久橋
小名木川
汐見橋
深川
洲崎
入船町
西
北
南
東
新高橋
扇橋
猿江橋
南辻橋
0
1km
猿江町
御材木蔵
大島橋
清水橋
金座

『暁光の断　勘定吟味役異聞（六）』おもな登場人物

水城聡四郎……勘定吟味役。兄の急逝で急遽、家督を継ぎ、六代将軍家宣の寵臣の新井白石の目に留まり抜擢された。一放流免許皆伝。

入江無手斎……一放流入江道場の道場主。聡四郎の剣術の師匠。

相模屋伝兵衛……江戸一番の人入れ屋相模屋の主。

紅……相模屋のひとり娘。聡四郎に救われ、想いを寄せあうようになる。

大宮玄馬……水城家の家士。入江道場では聡四郎の弟弟子。

太田彦左衛門……勘定吟味改役。聡四郎につけられた下役。

新井白石……無役の表寄合。家宣の寵愛深かった儒者。聡四郎を勘定吟味役に抜擢した。

間部詮房……老中格側用人。将軍家宣に引き上げられ、家宣亡き後、世嗣の家継の傅り役を引き受けながら、幕政を牛耳る。

紀伊国屋文左衛門……紀州の材木問屋。

柳沢吉保……前の甲府藩藩主。将軍綱吉亡き後、息子吉里に家督を譲り隠居。

永渕啓輔……徒目付。幕臣となってからも、前の主君柳沢吉保のために動く。

徳川吉宗……御三家紀州徳川家当主。

暁光《ぎようこう》の断

勘定吟味役異聞（六）

第一章　初春鳴動

一

松の内の江戸は、はれやかである。商家は二日から商いを始めるが、それも初荷などの縁起ものであり、職人は仕事始めまでのんびりとした休みを過ごす。働きづめの日常を忘れるかのように、江戸の正月は遊興であふれた。

子供のあげた凧が、鈍い色の空にあがり、羽根つきの音が路地にひびく。

火のついた凧が江戸城に落下したことがあって以来、凧あげは禁止されていたが、さすがに正月は町方も見て見ぬ振りをする。このときばかりと役者や鍾馗《しょうき》などの絵が描かれた凧がいくつも風に揺れていた。

子供たちははしゃぎ、大人たちは芝居に興《きょう》じた。

明暦《めいれき》の火事（一六五七）以降、雨後の筍《たけのこ》のように増えた芝居小屋は、統廃合され、中村《なかむら》、市村《いちむら》、森田《もりた》、山村《やまむら》の四座となっていた。

四座はそれぞれ独自の戯作者《げさくしゃ》を抱え、客の入りを競っていた。

そのなかで近年男振りのいい役者を多く使って、人気を誇っていたのが木挽《こびき》町《ちょう》にある山村座であった。

「ごめんなさいよ。かき入れどきにお呼びたてして」

山村座の座元山村長太夫《ちょうだゆう》を呼びつけたのは、江戸一の金持ち紀伊国屋《きのくに》文左衛《ぶんざえ》門《もん》であった。

「いいえ。新年のごあいさつが遅れまして、申しわけもございませぬ」

畳にはいつくばるように、山村長太夫が頭をさげた。

芝居小屋は木戸銭《きどせん》だけでやっていけるものではなかった。大入りを続けても経費にはほど遠いのだ。役者の給金以外にも、地回りへのあいさつ金や、奉行所への付け届け、さらには門前の土地を貸してくれている寺社への地代がかなりの金額にのぼるからである。役者の給金、戯作者への脚本料などは金主《きんしゅ》と呼ばれる芝居好きの商人が出してくれる援助でまかなっているのが現実であった。

紀伊国屋文左衛門は、四座全部に金を出していた。

なんの得にもならないことに手を出すことのない紀伊国屋文左衛門が、芝居の金主になるには理由があった。

芝居小屋に大きな融通が利くからである。

商売人の仕事は品物を売り買いすることである。仕入れに経費と儲けを足して売れば、商いは成りたつが、大きな金を一度に手にすることはできない。

橋や寺社など数万両を動かす大普請《だいふしん》もあるにはあるが、なかなかそれに加わることは難しかった。

そこで多くの商人たちは、役人や藩士たちに近づき、大仕事を回してもらおうと接待をおこなった。

その一つが芝居であった。

評判をとった芝居は、予約だけで満席になる。とりわけ役者に近く、他の客から顔を見られにくい、身分ある武家や女中につごうのよい舞台袖の枡《ます》席や二階席は数少なく、今日言って明日どうにかなるものではなかった。

それだけに芝居に招いての接待は効果が大きく、商人たちは無理を通すために芝居小屋の金主となることをいとわなかった。

「今の演目も大当たりのようだね」

山村長太夫の年賀には応えず、紀伊国屋文左衛門が言った。

「これも紀伊国屋さまのおかげでございまする」

へりくだって山村長太夫が、世辞《せじ》を口にした。

「いやいや。生島新五郎《いくしましんごろう》だったかな、看板役者は。世上《せじょう》の人気を独《ひと》り占めじゃないか。男前もさることながら、世話事《せわごと》の名手だと聞いたよ」

紀伊国屋文左衛門が役者の名前をあげた。

「さすがによくご存じでいらっしゃいまする。生島は、この演目の要《かなめ》でございまして」

褒《ほ》められて山村長太夫が喜んだ。

「そうだろうねえ。ところで座主《ざしゅ》」

「はい」

ようやく用件に入った紀伊国屋文左衛門に、山村長太夫が座りなおした。

「十二日、二間《ふたま》をお願いしたい」

「二間でございますか」

言われた山村長太夫が、一瞬躊躇《ちゅうちょ》した。

金主の無理に応じるため、山村座では損を覚悟で最高の場所を一間毎日空けていた。芝居が始まってから客を通すことはあっても、予約を受けつけないそこは、役間《やくま》と呼ばれている。役は厄《やく》と音がひとしい。つまりは座にとってありがたくない場所という意味であった。

一間でも辛いそれを紀伊国屋文左衛門は、二間空けろと要求したのだ。

「おかげさまで大入りが続いておりまして……」

暗に無理だと山村長太夫がほのめかした。

「座主」

紀伊国屋文左衛門の声がきびしくなった。

「わたしが頼んでいるんだよ」

「はい」

額《ひたい》を畳にこすりつけるようにして、山村長太夫が承諾した。

表向き引退したとはいえ、紀伊国屋文左衛門が江戸の材木と金を握っている状況は変わっていなかった。紀伊国屋文左衛門ににらまれては、人気芝居小屋とはいえ、一日たりとても立ちゆかなくなる。

「いいね。当日お入りになるお方は、ご身分のあるお女中だよ。まちがえても他の客から覗きこまれるようなことのないようにね」

「幕を張らせていただきます」

紀伊国屋文左衛門の出した注文を、山村長太夫が引き受けた。

「そうしておくれな。ああ、あと、舞台が跳ねた後、生島と数人の役者と夕餉《ゆうげ》をともにしていただくからね、失礼のないように言い含めておくれな」

「生島でございまするか」

平伏《へいふく》していた山村長太夫が少しだけ顔をあげ、うかがうように紀伊国屋文左衛門を見あげた。

「…………」

それに紀伊国屋文左衛門は無言で返した。

生島新五郎の人気は、まさに江戸芝居指折りであった。

一つ一つ所作《しよさ》を決めるだけで、観客席の女がため息をつき、市中でも生島振りと呼ばれる髪形、紋散らしの着物が大流行している。

毎日毎日舞台が終わるなり、生島はあちこちのお座敷に招かれ、酒食を饗《きよう》されるだけではなく、多額の心付けを得ていた。

これも役者の重要な収入である。一人の客に一日借りきりにされるより、いくつもの座敷をまめに回って、小金を集めるほうが高《たか》としては大きいのだ。

「生島がうんと申しますかどうか」

山村長太夫が口ごもった。

役者は座についているのではなく、年ごとの買いきりであった。人気役者ともなると四座すべてから声がかかり、奪いあいになる。座主でさえ気を遣わねばならず、言うなりにすることは難しかった。機嫌を損ねれば、次から舞台に立ってくれなくなる。座主にとっては死活問題であった。

「それをどうにかするのが座主の腕の見せどころじゃないかい」

紀伊国屋文左衛門が、あっさりと言った。

「ですが……」

「五千両もあればいいかな」

「へっ」

おずおずと抗議の声をあげようとしていた山村長太夫が目を剝《む》いた。

「いやね、五千両もあれば、新しい人別《にんべつ》を買って店を始めるぐらいのことはできましょう」

何気ないふうに紀伊国屋文左衛門が語った。

芝居にたずさわる者は、河原者という無宿として幕府からいろいろな規制を受けていた。着るもの、履くもの、さらには髷《まげ》に使う元結《もとゆい》の色まで限定されていた。

「五千両あれば、御家人《ごけにん》の株でも買えるよ。なんなら紹介してあげてもいい。子供たちにも町奉行所の手下たちにへいこらさせたいかい」

紀伊国屋文左衛門がさらに揺さぶった。

町奉行所の同心、下っ端は芝居小屋を金のなる木としか考えていなかった。ただで芝居を見るだけではなく、金もむしったのだ。

それに座主はなにひとつ言い返すことなく従わねばならなかった。町奉行所ににらまれては興行ができなかったからだ。

役者を一段下に見おろしながら、横柄《おうへい》に金を要求し、さらには、座主の娘などを平気で酒席に呼びつけてはおもちゃにする。

町奉行所の役人は、芝居にかかわる者たちを人と思っていなかった。

紀伊国屋文左衛門は、その境遇からの脱出という餌《えさ》で誘惑した。

「五千両まちがいございませぬか」

山村長太夫が念を押した。それだけあれば江戸を売っても食べていくのには困らなかった。

芝居小屋の座元というのは儲かる仕事ではなかった。たしかに芝居が大入りになればかなりの売り上げになったが、そのぶん、当たり役者への褒美《ほうび》などの金がかかり、思ったほど手もとに残らなかった。

立ち見の土間席が一人百文《もん》、桟敷《さじき》は一間三十五匁《もんめ》、銭に換算して二分《ぶ》一朱《しゅ》前後で、山村座一日の売り上げは四十両ほどであった。年の興行が二百日ほどなので、一年の収入が八千両となる。新しい芝居のために作る衣装や舞台、看板、芝居地の地代、役者の給金などを入れておよそ一千両が興行ごとにかかる経費として要った。

山村座は十月十七日の顔見世を皮切りに、年七回公演で経費はおおざっぱに見積もって七千両かかった。

差し引き一千両の儲けに見えるが、芝居が受けなければ収入の八千両が五千両になることもあり、また大当たりを取って一万両も入ったときには、芝居役者や使用人に祝儀を払わなければならない。手もとに七百両も残ればいいほうで、赤字になることも多かった。

「わたしが嘘をついたことがあるかい」

きびしい目つきで、紀伊国屋文左衛門がにらんだ。

「お許しを。で、生島にはなにをさせればよろしいので」

興行には闇がつきものである。山村長太夫は、紀伊国屋文左衛門の話に裏があると理解していた。

「なにも。ただ、お相手を退屈させないでくれればいい。そう、ときを忘れるほど楽しくお遊び願ってくれればね」

「……承知しました」

山村長太夫が受けた。

紀伊国屋文左衛門が話をしたのだ。否やは命にかかわりかねなかった。

「けっこう、けっこう」

表情をゆるめて、紀伊国屋文左衛門がうなずいた。

「御案内は、幕府御用達の呉服屋後藤縫殿助《ごとうぬいのすけ》さんにお任せしているから。後藤さんも春の衣替えで大奥《おおおく》方を手中にしたいらしい。内々に御相談を受けてね。けっして、そこで……」

「お名前を出すようなまねはいたしませぬ」

山村長太夫が請《う》けあった。

「頼んだよ」

首肯《しゆこう》した山村長太夫を見おろすように、紀伊国屋文左衛門が立ちあがった。

「ああ、そうそう」

客間を出かかった紀伊国屋文左衛門が足を止めた。

「なにがあっても心配はしないでいいよ。町奉行の坪内能登守《つぼうちのとのかみ》さまとはお話ができているから。わたしの名前が表に出なければ、かならずおまえさんを救ってみせるからね。紀伊国屋には船がある。安心していいよ。もっとも、生島のことまでは知らないが」

坪内能登守は、綱吉《つなよし》の御世に柳沢吉保《やなぎさわよしやす》の引きで御先手《おさきて》から登用された人物である。紀伊国屋とのかかわりも深い町奉行であった。

「後藤縫殿助さまは」

「さあ。近ごろ足繁くおかよいの御老中さまがあるらしいからね。わたしの手助けなど不要だろう。おまえさんは自分のことだけ考えていればいい」

そう言うと紀伊国屋文左衛門は、山村長太夫を見ることもせず、去っていった。

「牢屋入り、下手すれば遠島《えんとう》ということか。町奉行は紀伊国屋の思うがまま。たとえ遠島になっても、島抜けの手だてはしてくれるとなれば……五千両と縛りのない人別。命に代えてもおしくはないな。それに、人気を嵩《かさ》に座元《ざもと》を小間使いとしか考えていない生島新五郎が痛い目を見るのもいい気味だ」

見送った山村長太夫がつぶやいた。

旗本《はたもと》の正月は決まりきった行事で終始した。

起床した水城聡四郎《みずきそうしろう》は、まず無言のまま、若党《わかとう》の佐之介《さのすけ》が汲んできた若水《わかみず》を仏壇に供える。そのあと、自室である書院を開け放ち、床の間に鎧兜《よろいかぶと》を飾り、身分に応じて席に着いている家族、家来たちと新年のあいさつをかわすのだ。

「あけましておめでとうございまする」

家族家臣を代表するのは、隠居した聡四郎の父功之進《こうのしん》であった。

先代の当主とはいえ、家督《かとく》を譲って隠居した以上は、息子である聡四郎に礼をつくさなければならなかった。

「うむ。めでたいの」

聡四郎は簡素な応答をすると、目の前に置かれた膳に手を伸ばした。

「屠蘇《とそ》の祝いぞ。みなもいたせ」

膳の上には、焼き栗、結び昆布が、素焼きの皿に盛られてのせられていた。すべて出陣の縁起担ぎであった。

焼き栗は別名勝ち栗とも呼ばれ、勝利につうじるともっとも珍重《ちんちょう》された。さらに昆布はよろこぶを表し、素焼きの皿はかわらけともいい、変わらずに生きて帰ることをしめしている。

「ちょうだいいたしまする」

やはり功之進が受けた。

一同が聡四郎にあわせて栗を食い、昆布を齧《かじ》り屠蘇を飲んで儀式は終わった。出陣の故事にならった儀式である。女は列席することも許されなかった。

「もういいの」

功之進を先頭に皆が去っていったあと、一人書院に残った聡四郎の前に紅《あかね》が顔を出した。

紅は江戸城お出入りの人入れ屋相模《さがみ》屋伝兵衛《でんひょうえ》の一人娘である。勘定吟味役《かんじょうぎんみやく》になったばかりの聡四郎を職探しの浪人者とまちがえて、店に連れていったことで縁ができ、それからのつきあいであった。

毎日のように水城の家にかよってきて、聡四郎の身の回りの世話をすることが紅の仕事となっていた。

「ああ」

最初は、若い女が旗本とはいえ男のもとに出入りすることでみような噂でも立たないかと気にしていた聡四郎だったが、今では紅がいることに慣れていた。

聡四郎は軽く頭を上下させて、入室することを許した。

紅は正月らしい晴れ着であった。高島田《たかしまだ》に結った、少し赤みを帯びた髪にあわせたようなえんじ色の小袖《こそで》が、紅の白い肌によく似合っている。

聡四郎は少しの間、見とれた。

「おせちは、喜久《きく》さんと二人で作ったからね」

「すまぬな」

紅は泊まりこそしなかったが、大晦日から一日台所に詰め、正月の用意を手伝ってくれていた。

「あたしはちょっと出かけてくるから」

「食べていかぬのか」

聡四郎は驚いた。まともな武家では、男女がおなじ席で酒食をともにすることはなかったが、あれだけ一生懸命に作ったおせちである。紅も食べていくものだと聡四郎は思いこんでいた。

「食べるわよ。あたしが作ったんだから」

紅が背中に隠すようにしていた風呂敷包みを見せた。

「お師匠さまのところへお持ちしようと思って」

「ああ……すまぬな」

聡四郎は紅の気遣いに頭をさげた。

紅の言う師匠とは、聡四郎の剣の師入江無手斎《いりえむてさい》のことである。

入江無手斎は、戦国時代の武将富田越後守《とだえちごのかみ》が創始した富田流小太刀の流れを汲む一放流《いっぽう》の名手であった。

「よろしく頼む。明日には年始にお邪魔するつもりでおるが」

「不便よね。旗本の御当主さまは」

紅がからかうような口調で皮肉った。

役付の旗本は、正月元日、上役や先輩の家に年始へ出向き、私《わたくし》の関係は、二日以降に回すのが慣例であった。

聡四郎も朝のうちに上役である老中と、直属ではないが先輩格として敬意を表さなければならない勘定奉行、そして新井白石《あらいはくせき》の屋敷に顔を出さなければならなかった。

「じゃ、行ってくる」

供を断り、紅は一人で出ていった。

「久しぶりでございまする」

うれしそうに笑いながら、喜久が聡四郎の身支度を調《ととの》えた。

ずっと母親代わりとなっていた女中喜久の仕事だった聡四郎の登城の支度は、いつのまにか、袴《はかま》の腰板を据《す》えるところまで紅がすることになっていた。

「本当にご立派になられて。借りもののようだった裃《かみしも》も身につかれました」

感慨深げに喜久が言った。

もともと聡四郎は水城家の四男であった。次兄、三兄が他家へ養子に行ったあと、跡継ぎの長兄が病死し、厄介者《やっかいもの》であった聡四郎に家督が回ってきたのだ。

代々勘定方に出仕する水城家の変わり者だった聡四郎は、算盤《そろばん》ではなく剣を学び、入江無手斎のもと師範代に推《お》されるほどの腕前になっていた。そんな勘定のことなど右も左もわからない聡四郎に勘定吟味役という役目を押しつけたのが新井筑後守君美《ちくごのかみきんみ》、通称白石《はくせき》であった。

稀代《きたい》の悪法、生類憐《しょうるいあわれ》みの令に代表される悪政を布《し》いた五代将軍徳川《とくがわ》綱吉の跡を受けた六代将軍家宣《いえのぶ》の右腕として幕政に登場した新井白石の前に立ちはだかったのが、勘定奉行荻原近江守重秀《おぎわらおうみのかみしげひで》であった。

綱吉の寵愛《ちょうあい》を得て勘定奉行となった荻原近江守は、豪商紀伊国屋文左衛門と組んで、幕府の金をほしいままにした。

それによって底をついた幕府の蔵をなんとかもとに戻すには、入《い》るを量《はか》り出《い》ずるを制しなければならない。若年寄格《わかどしより》を与えられた新井白石は、家宣の信頼を盾《たて》に改革に踏みきろうとしたが、勘定方の激しい抵抗に遭《あ》い、なにひとつ実行することができなかった。

このままでは埒《らち》が明かないと考えた新井白石は、勘定筋の家柄でありながら、その悪風に染まっていなかった聡四郎に目をつけ、いきなり勘定吟味役という重職に就《つ》けた。

勘定吟味役とは、幕府の金が動くところどこにでも調査に入ることができる、いわば金の目付《めつけ》であった。その権限に例外はなく、御用部屋や大奥《おおおく》でも、遠慮なく調べることができた。

そして新井白石の思惑どおり、勘定方にしがらみのない聡四郎は、荻原近江守が紀伊国屋文左衛門と結託しておこなった小判改鋳《かいちゅう》のからくりを暴き、首謀者の二人を表舞台から引きおろすことに成功した。

この功績を皮切りに、聡四郎は幕政の中心となった新井白石の右腕として遠国《おんごく》奉行、勘定奉行と累進《るいしん》していくはずだった。

しかし、聡四郎は新井白石の走狗《そうく》であり続けることができなかった。

家宣の死にかかわる菩提寺《ぼだいじ》とお側役《そば》、間部越前守詮房《まなべえちぜんのかみあきふさ》の間にかわされた密約、それを政争の道具として使おうとした新井白石に反発して聡四郎は庇護者《ひごしゃ》を失い、勘定方どころか幕府役人のなかで、孤立していた。

それでも世間で言う義理は果たさなければならないのだ。

「行ってくる」

家士大宮玄馬《おおみやげんば》を供に連れ、聡四郎は本郷御弓町《ほんごうおゆみちょう》の屋敷を出た。

二

年始のあいさつだからといったところで、実際に相手に会うことはまずなかった。当然訪ねる先の主も年始に出ているし、老中のようにあいさつに出向く相手がない場合は、来客の応対で多忙を極めている。

たかだか役高五百五十石《こく》の勘定吟味役を座敷にあげて、年始の会話をかわすことなどはなく、訪れた屋敷の玄関先で対応に控えている留守居役《るすいやく》や用人《ようにん》に名前を告げ、白扇を一つ置いて帰るだけである。

それでも老中、若年寄、勘定奉行のもとへは行かねばならず、江戸中を歩き回ることになる。聡四郎が薬研堀《やげんぼり》にある新井白石邸を訪れたとき、すでに昼を過ぎていた。

「昨年のご厚誼《こうぎ》に謝し、新年の寿《ことほぎ》を謹《つつし》んで申しあげる」

朝から何度口にしたかわからないせりふを応対へ出てきた用人に述べ、白扇を差しだした聡四郎は、玄関式台《しきだい》隅に置かれた塗りの盆に目をやった。

そこには白扇が入っていた。

来客の数が己の勢力を表す。どの屋敷でもこうやってわざと客の目につくところに白扇を積みあげ、その威を誇示していた。

老中ともなると白扇は一つの盆に載りきらず、百に近い数となる。事実、先ほど回った屋敷では、数える気にもならない数の白扇で盆があふれていた。

しかし、新井白石の屋敷の盆には二本しか入っていなかった。

六代将軍家宣の儒学師として、一時は飛ぶ鳥を落とす勢いの新井白石だったが、寵愛をそそいでくれた主が死ぬと、一気にその力を失っていた。

それこそ門前市《いち》をなすがごとくであった新井白石の屋敷は、あっという間に閑散となった。人の気の移ろいやすさ、その証拠をまざまざと見せつけられて、聡四郎はいたたまれなくなった。

「では、筑後守さまへよしなにお伝えくだされ」

捕まっては面倒になる。そそくさと背中を向けた聡四郎に声がかけられた。

「あがってまいれ」

男としては甲高《かんだか》い声に、聡四郎は嫌と言うほど覚えがあった。

いつのまにか玄関まで新井白石が出てきていた。

「他にあいさつするところでもあるのか」

一瞬驚いた聡四郎に、新井白石が訊《き》いた。

「いえ。ございませぬ。本日はこちらまでと考えておりました」

他所《よそ》を回らねばという嘘がつけず、聡四郎は正直に答えた。

「なら、よいな」

聡四郎の諾《だく》を待たず、新井白石が屋敷のなかへと姿を消した。

「よろしいのか」

元日に招きあげられる客は、親戚筋かよほど親しい間柄である。前もってわかっている相手ばかりなので、使用人たちはそれに応じた準備しかしていない。聡四郎のような不意の客は、その手順を狂わせることになった。

「どうぞ。主が申したのでございますれば」

玄関式台で座っていた用人が、案内のために立ちあがった。

「お世話になる」

新井白石とうまくいってはいないが、聡四郎にとって抜擢の恩人であることはたしかである。聡四郎は新井白石の意に従うしかなかった。

聡四郎は新井白石の居間である書院に通された。陪臣《ばいしん》である大宮玄馬は、五位の諸大夫《しょだいぶ》である新井白石と同席することができず、玄関脇の供待ちで控えていた。

「新年あけましておめでとうございまする。なにとぞ、本年もよしなにご指導のほど願いたてまつり……」

「心にもないことを申すな」

型どおりのあいさつをする聡四郎を、新井白石がさえぎった。

「きさまは誰の手の者となった。老中か、若年寄か、それとも紀州《きしゅう》か」

新井白石がじっと聡四郎をにらんだ。

「言えぬか」

「…………」

「ならば、儂《わし》が申してやろう。水城、お前が尾を振っておるのは、紀州徳川権《ごんの》中納言吉宗《ちゅうなごんよしむね》よな」

憎々しげに新井白石が名前をあげた。

「……なにを」

さすがに聡四郎も鼻白《はなじろ》んだ。

新井白石が口にした徳川権中納言吉宗とは、御三家の一つ紀州徳川五十五万石の当主である。二代藩主徳川光貞《みつさだ》の四男で、兄二人の死を受けて家督を継いだ。

「八代を吉宗と読んだか、水城」

聡四郎の否定を新井白石は聞いていなかった。

「尾張《おわり》徳川吉通《よしみち》が死に、跡を継いだ五郎太《ごろうた》も十月に死んだ。二代続けて早世《そうせい》した尾張は脱落。八代将軍は誰が見ても紀州徳川吉宗と思うだろうが、それは愚人の見方ぞ」

講義をするように新井白石が語った。

「天下の主となるには資格がいる。まず第一に、神君《しんくん》徳川家康《いえやす》公のお血筋であること」

「………………」

当たり前のことと聡四郎は返答をしなかった。

「次に現将軍家である家継《いえつぐ》さまにお近くなければならぬ」

沈黙している聡四郎を気にせず、新井白石が続けた。

「そしてなによりその性、仁《じん》でなければならぬ」

儒学者である新井白石は、なによりも仁に重きを置いていた。

仁とは、己の身を律し、人を労《いたわ》ることである。

「吉宗には、その仁がない」

きっぱりと新井白石が告げた。

現在、幕政最大の懸案は七代将軍家継の後継であった。

宝永《ほうえい》六年（一七〇九）生まれの家継は、正徳《しょうとく》三年（一七一三）わずか五歳で将軍の座に就いた。もちろん五歳の子供に幕政がおこなえるはずもなく、先代家宣から家継の傅育《ふいく》を任された老中格の間部越前守らが代行していた。

間部越前守は、もと甲府《こうふ》藩お抱えの能役者《のうやくしゃ》の家の出であった。

当時甲府藩主だった徳川綱豊《つなとよ》、のちの家宣にその才気を見いだされ、近臣へと引きあげられた。綱豊が将軍に就き、万石をこえる大名に抜擢された間部越前守は当初、家継の傅《も》り役として政《まつりごと》の舞台には立たなかった。

しかし、家宣が在位三年で急逝するなり、間部越前守は表《おもて》に姿を現した。大奥から出たことのない家継を守るように抱きかかえて、将軍家居間の御休息《ごきゅうそく》の間《ま》に陣取ったのだ。

五代将軍綱吉の寵臣柳沢美濃守《みののかみ》吉保を思いださせる間部越前守の時代が始まった瞬間であった。

権力の座というのは、のぼり詰めてからが怖い。あとは落ちるしかないからだ。

間部越前守は、その力の背景としている家継の先を見ていた。

家継は幼く、普通であればこの先何十年と将軍の座にあり、間部越前守も隆盛を続けていくだろうが、そうはいかない事情があった。

家継はあまり丈夫ではなかった。家継の血を引く子供でもいれば、まだ間部越前守の世はありえるが、さすがに五歳では跡継ぎができているはずもない。間部越前守は、家継の長命を願いながらも、その裏で次に向けてひそかに動いていた。

また、なんとか復権をと狙っている、間部越前守の後塵《こうじん》を拝している者たちも同様であった。

八代将軍に誰をかつぐか、幕府の中枢《ちゅうすう》にかかわる者たちの暗躍はすでに始まっていた。

家継に万一があったとき、将軍となる資格を持っているのは、御三家、初代将軍徳川家康の息子を祖とした、尾張、紀州、そして水戸《みと》であった。

七代将軍に家継が選ばれたとき、その幼さが問題となり、尾張徳川吉通こそふさわしいのではないかと議論になったこともあった。

徳川家康の九男義直《よしなお》から代を重ねた尾張家は、御三家筆頭として将軍を出すにもっともふさわしい家柄であり、吉通も二十六歳と文句のない年齢であった。

しかし血筋を重んじる家康以来の伝統が吉通を拒んだ。六代将軍家宣直系の息子がいるのに、分家から養子をとる意味はないとの意見には大義名分があった。

こうして七代将軍は家継となったが、尾張家は望みを捨ててはいなかった。家継になにかあれば、吉通を八代将軍にと老中たちへ根回しを続けたのだ。

そんなおり、尾張藩を震撼《しんかん》させる大事件が起こった。

吉通が寵愛の側室お連《れん》の方《かた》と、その兄で側用人《そばようにん》であった守崎頼母《もりさきたのも》に毒を盛られて殺されたのだ。

これ以上ない不祥事であった。

将軍の座にもっとも近かった吉通の死は、尾張藩の夢も砕いた。尾張にはまだ何人もの候補たるべき男子がいたが、家臣による主君暗殺という不名誉は、大きく藩を傷つけ、将軍擁立《ようりつ》の権利を奪い去った。

尾張が落ちた結果、浮かびあがったのは紀州であった。

もともと御三家とは、将軍家、尾張、紀州の三つを指し、水戸は一つ格下とされていた。

水戸家は他の紀州、尾張が五十万石をこえる大藩であるのに比して、石高は当初、その半分、さらに官位も両家が従二位権大納言《じゅにいごんのだいなごん》を極官《ごっかん》とするに対して、従三位《じゅさんみ》権中納言までと明らかな差をつけられていた。

水戸としては我慢できないあつかいであったが、紀州に人がないならまだしも、吉宗という傑物《けつぶつ》がいてはどうしようもなく、また二代光圀《みつくに》が始めた『大日本史』編纂《へんさん》という大事業に藩財政が疲弊《ひへい》し、とても動ける状態ではなかった。

「吉宗についたか」

新井白石が、ふたたび訊いた。

「誰にも与《くみ》しなどいたしませぬ」

はっきりと聡四郎は首を振った。

「水城家は関ヶ原《せきがはら》以前からの譜代《ふだい》でござる。忠義をつくすは将軍家ただ一人」

「それは、儂への皮肉か」

聞いた新井白石の頬がゆがんだ。

新井白石の家は、もと土屋《つちや》家の家臣であった。白石の父の代に浪人し、大老堀田筑前守正俊《たいろうほったちくぜんのかみまさとし》の家臣を経て甲府藩儒学者となったもので徳川将軍家累代《るいだい》の譜代ではなかった。

家宣の信頼厚く、新井白石が幕政を壟断《ろうだん》していたころでも、新参者が大きな顔をしてと陰口をたたかれていたのである。譜代の話は新井白石にとって鬼門《きもん》であった。

「これは、気づかぬことを」

聡四郎はすなおに頭をさげた。

「きさまの詫びになにほどの価値がある。どうでもよいわ」

まだ怒りを残した声で、新井白石が吐きすてた。

「なにがあった。京であったことを申せ」

昨年、聡四郎は新井白石から命じられて、尾張藩主徳川吉通を毒殺した守崎頼母の行方を追って上京した。守崎頼母は京の浪人者であったとされていたからだ。

しかし、なにひとつ手にすることなく、聡四郎は帰任した。成果のない聡四郎に新井白石が処罰を与えられなかったのは、京都所司代松平紀伊守信庸《しょしだいまつだいらきいのかみのぶつね》の添え書きがあったからだ。京で騒ぎを起こされるのを松平紀伊守は、嫌ったのだ。経歴に傷がついては、確定している老中への昇格がふいになりかねない。

新井白石も次の老中に確定している京都所司代を敵に回すことを避け、聡四郎に咎《とが》めは与えられなかった。

もちろん、新井白石の不満が収まったわけではなかった。その証拠に復命を聞いて以来、新井白石は聡四郎と会おうともしなかった。

それが今日の年始であえて二人きりになったのは、聡四郎の背後をどうしても知りたくなったからであった。

幕府の役人にはかならず引きと後ろ盾があった。

引きは己を役目に就けたり昇進させたりしてくれる者のことであり、後ろ盾はなにか事をなすときの味方となってくれる人物のことだ。引きと後ろ盾を失えば、役人としてやってはいけなかった。

ささいなことで難癖をつけられ、辞任させられるか、下手をすれば減禄《げんろく》、場合によっては改易《かいえき》されることもあった。それだけ役人にとって、引きと後ろ盾は重要なものだった。

聡四郎の引きは、新井白石であり、後ろ盾も新井白石だった。しかし、聡四郎は新井白石に逆らい、その両者を失っていた。

新井白石は当然、そこには裏があり、己以上の後ろ盾を得たからこそ、聡四郎は反抗することができたと考えたのである。

「嘘を申すな」

新井白石が癇《かん》を立てた。

なんの成果もなく戻ってきた聡四郎には、老中に次ぐ実力者である京都所司代の添え書きがあったのだ。それを書かせるだけの力が聡四郎にないことを新井白石はよく知っている。となれば、京都所司代さえ使うことのできる人物が、聡四郎の後ろ盾についたと新井白石は読んだのだ。

それを新井白石は吉宗と見た。

聡四郎と吉宗は、顔見知りであった。

当主を将軍にすることを初代からの悲願としている尾張徳川家において、その目的のためにだけあったお旗持《はたも》ち組《ぐみ》は、吉通の死を受けて解体され、藩士たちは放逐《ほうちく》された。すでに戦が終わって百年を過ぎ、無用の長物《ちようぶつ》になりはてた武士である。一度禄を離れてしまえば、あらたな仕官《しかん》をすることはまず無理であった。

そのお旗持ち組士たちに出された救済条件は、長年の宿敵である紀州徳川吉宗の謀殺であった。見事ことを果たしたおりには、尾張藩へ高禄で召し抱えなおす。

そう約束されたお旗持ち組士たちは、江戸へ参府《さんぷ》する紀州家の行列を襲い、吉宗を亡き者にしようとした。その企てを聡四郎は阻止したのだ。そのおり、大森《おおもり》の庄屋屋敷で聡四郎は吉宗と、中食《ちゅうじき》をともにしていた。

また、次の老中と目される京都所司代は、朝廷を見張るだけでなく、西国《さいごく》諸藩の監察も務める。その権は御三家、親藩《しんぱん》、譜代をも含むことから、紀州家とのつきあいも深い。

八代将軍にもっとも近いであろう吉宗と、京都所司代の間に密約があってもおかしくはないのである。新井白石の推察は的はずれではなかった。

「まったくなにもございませなんだ」

聡四郎は断言した。

そう長期いたわけではないが、京での調べは、手がかりのかけらさえ見つけることはできなかった。もっとも、聡四郎は尾張藩主徳川吉通暗殺の裏に、紀伊国屋文左衛門がいたことに気づいていた。わざわざ紀伊国屋文左衛門は東海道を上る聡四郎に帯同したのだ。しかし多忙な紀伊国屋文左衛門が、一ヵ月以上のときを費《つい》やしてまでもやりたかったことは、いまだにわかっていない。

「守崎頼母は京の出であろうが。どこに住んでいて、親はなにをしていたのだ」

「なにもわかりませぬ」

いらだつ新井白石に、聡四郎は首を振るしかなかった。

「わざとなのか、真実《まこと》なのか。ふうむ。腹芸のできるほどきさまは賢くはないか」

じっと聡四郎を見ていた新井白石が、息を吐いた。

「しかし、なにかをつかんだであろう。それを申せ」

新井白石は追及の手をゆるめたわけではなかった。

「手証《てしょう》があったわけではございませぬ」

最初に聡四郎は念を押した。

「かまわぬ。きさまは手足だ。手足がものを考えるなど無用」

冷たい声で新井白石が告げた。

「おそらくすべては紀伊国屋文左衛門に集約いたしましょう」

聡四郎は答えた。

「紀伊国屋文左衛門だと。すでに隠居して浅草《あさくさ》の裏長屋に落魄《らくはく》しているはずだ」

疑いの言葉を新井白石が出した。

「本気でそのようにお考えか」

聡四郎は、新井白石を見た。

新井白石の政敵であった荻原近江守は、勘定奉行の座を追われてから、なにもすることができずに消えていった。

政にかかわる者こそ至上、と権力に固執している新井白石である。いかに金を持っていても商人など路傍の石ほどの価値も認めていない。その商人が尾張藩の藩主を暗殺する大事の黒幕になるなど新井白石にとってありえない話なのだ。

「金の力を侮《あなど》られてはいけませぬ」

勘定吟味役になり、幕府の金の動きを監督することになった聡四郎は、あらためてその威力をまざまざと知ることになった。

「ふん。いかに金があってもたかが商人ではないか。御上《おかみ》の力をもってすれば、なにほどのことがあろう」

新井白石がうそぶいた。

家宣によって一千二百石の寄合《よりあい》旗本に引きあげられるまで、五十俵取りの儒学者でしかなかった。それこそ妻と子を抱えて、明日の米さえ満足に貯えられない生活だったのだ。金の力を新井白石はいやというほど知っているはずであった。

「金なしでは、一合の米も買えませぬぞ」

虚勢としか思えない態度の新井白石に聡四郎はあきれた。

「米は御上が握っておる。いずれは米の値段も御上が決め、日によって変わるような不安定な状況はやめねばならぬ。いや、米だけではない、すべてのものを御上が統制すべきなのだ。そうすれば物価は定まり、庶民の生活も計に基づくことができよう。紀伊国屋のような、人の弱みにつけこんでものの値段をつりあげるような不埒《ふらち》な輩《やから》は根絶せねばならぬのだ」

新井白石が力説した。

「……………」

聡四郎は応える言葉を持たなかった。

ものというのは、欲しい者と売る者の対比によって値段が決まる。ものが少なく欲しい者が多ければあがり、逆ならばさがる。

米のようにその年の天候で出来不出来があるものは、値動きが激しくて当然なのだ。それを一定の価格で固定しようとすれば、不作の年など仕入ればかり高くなって売値が変わらぬことになり、儲けられない商人は米をあつかわなくなる。

となれば、江戸に米が流通しなくなるのだ。

経済に疎《うと》い聡四郎でさえ、新井白石のしようとしていることがどれだけ無茶なのかわかった。

「これ以上、お話しすることはないようでございますな。では、これにて」

「待て、まだ話は終わっていない」

聡四郎は立ちあがると、新井白石の制止を無視して屋敷を辞去《じきょ》した。

「よろしいので」

屋敷を出たところで、大宮玄馬が振り返った。

新井白石が門前まで追いかけ、聡四郎の背をにらみつけていた。

「かまわぬ」

歩きだした聡四郎は、ふと足を止めた。

「なにか」

「白扇は残っているか」

聡四郎が訊いた。

「あと一本だけございまする」

大宮玄馬が手にしていた風呂敷包みに目をやった。

「それは相模屋どのが分だな」

「はい」

聡四郎の確認に大宮玄馬がうなずいた。

「申しわけないが、相模屋どのへの年始は明日にさせていただこう。玄馬、紀尾《きお》井町《いちょう》まで行くぞ」

「紀尾井町……紀州家でございますか」

驚いた大宮玄馬が足を止めた。

「うむ。新井どのに言われての。年始のあいさつぐらいはしておくべきだと考えたのだ」

うながすようにして聡四郎は足を早めた。

形だけとはいえ、命を救った聡四郎に、吉宗は愛刀を与えて、褒美としていた。厚重ねの備前《びぜん》もので、無銘《むめい》とはいえ鍛え抜かれた業物《わざもの》であり、かなり重い。とても殿さまが持ち歩くものではなかったが、吉宗はこれを常用していた。これだけを見ても、吉宗がそこらのひ弱な家柄大名でないことはわかる。

「急ぐぞ」

聡四郎が足を早めた。

三

武家の年始は、朝早くに客が来るほど名誉とされていた。誰もがもっとも機嫌をうかがわなければならない人のもとへ真っ先に行くからである。

御三家、それも八代将軍にもっとも近い紀州家の年始は、午前中に終わったといってまちがいではなかった。

門をこえて紀尾井坂にまで並んだであろう年始の客をさばき、一段落したところへのこのこ顔を出すのは、紀州家をこけにしているととられかねなかった。

新井白石の屋敷がある薬研堀から紀尾井坂までは、歩けばちょっとした距離があった。剣で鍛えた足さばきで急いだ二人だったが、紀州家上屋敷に到着したときには、すでに昼を大きく過ぎていた。

あたりを見回した大宮玄馬が小声で言った。

「誰もおりませぬ」

紀州家の門前に年始の客らしい姿はなかった。

「気にするな」

堂々と聡四郎は紀州家の門へと向かった。

大名屋敷の門は、本来当主、将軍家、同格以上の客など特別なとき以外は閉じられていた。ただ、正月など行事のときだけ開かれ、誰でも入ることが許されていた。

「今ごろだと」

ゆっくりと近づいてくる聡四郎に気づいた門衛が目を見張った。

「御免《ごめん》」

「お通りあれ」

型どおりのあいさつをかわして聡四郎は、玄関へと足を進めた。

玄関式台《しきだい》には、裃《かみしも》を身につけた紀州家の侍が端座《たんざ》していた。

「勘定吟味役、水城聡四郎でございまする。年始の寿にまかりこしましてございまする。これは、あいさつばかりの品、お受け取りを願いまする」

大宮玄馬から手渡された白扇を聡四郎は差しだした。

「ごていねいなごあいさつ承《うけたまわ》りましてございまする。主に代わりまして御礼申しあげまする」

紀州家の留守居役《るすいやく》があいさつを返した。

「では、よしなに」

儀式を終えて聡四郎は、背中を向けた。

「お待ちくださいませ」

留守居役が聡四郎を止めた。

「勘定吟味役、水城聡四郎さま」

「なにか」

「主、権中納言がお待ち申しておりまする。どうぞ、こちらへ」

座っていた留守居役が立ちあがった。すぐに別の藩士が玄関脇の小部屋から出てきて、なにごともなかったかのように交代した。

「お供の方は、こちらへ」

大宮玄馬は玄関脇の小部屋へいざなわれた。

「殿……」

不安そうな顔で大宮玄馬が聡四郎を見た。

「案ずるな」

聡四郎は、大宮玄馬へと首肯《しゆこう》して、留守居役のあとに従った。

一千二百石新井白石の屋敷も大きいが、五十五万石、それも将軍家にもっとも近い御三家の上屋敷は別格であった。

二万五千坪をこえる上屋敷は、聡四郎がどこをどうやって来たのかわからなくなるほど広大であった。

廊下の角を三つほど曲がったところで顔見知りの藩士が立っていた。

「川村《かわむら》どの」

聡四郎は、覚えていた名前を呼んだ。

「お久しゅうございまする」

吉宗の側近、紀州徳川家玉込《たまこ》め役組頭《やくくみがしら》川村仁右衛門《じんえもん》であった。

「主がお待ちでござる」

留守居役から川村に聡四郎の案内役が交代した。

そこからさらに二つほど角を折れて、ようやく川村が足を止めた。

川村が床に膝を突いた。聡四郎もならう。

「水城聡四郎さまがお見えでございまする」

両手を突いて川村が言上《ごんじょう》した。

将軍家の一族とはいえ、紀州藩は一個の大名であった。大名となった一族は家臣としてとりあつかわれるのが決まりである。五十五万石の太守《たいしゅ》といえども五百五十石取りの旗本聡四郎と同格である。吉宗の家臣で陪臣の川村が聡四郎に敬意を表したのは当然であった。

「入ってよい」

なかから吉宗の声が応答した。

川村が引き開けた襖をこえて、聡四郎は入った。

「遅かったな。忘れていたか」

床の間を背に吉宗が端座していた。

五十五万石の主にふさわしい広さの書院であったが、そっけないほど装飾はなかった。唯一の飾りは、床の間に掛けられた書、東照大権現と墨書《ぼくしょ》された掛け軸だけであった。

「ご無沙汰をいたしております」

聡四郎は襖際でていねいに膝を折った。

「そこでは話が遠い。もっとこっちにこい」

吉宗が手招きをした。

聡四郎は太刀を襖際に置くと脇差《わきざし》を鞘《さや》ごと抜いて右手に下げ、ゆっくりとした歩みで吉宗と畳一枚はさんだ位置へ移動した。

「酒しかないぞ」

笑いを浮かべて、吉宗が川村に目を向けた。

平伏した川村を隠すように、襖が閉じられた。

畳の上に腰をおろした聡四郎は、書院に火の気がいっさいないことに気づいた。常在戦場《じょうざいせんじょう》が心がけとはいえ、すでに泰平に慣れた武士たちは、冬になれば綿入れを重ね着し、盛りあがるほど炭を入れた火鉢を抱えこんで過ごしているのが現状である。しかし、吉宗は綿入れではなく木綿《もめん》ものの小袖に小倉袴《こくらばかま》の質素な身なりで、部屋に火一つ入れてはいなかった。

「寒いな、江戸は」

聡四郎のようすから見てとった吉宗が、眉をひそめた。

「紀州は暖かいぞ。冬でも綿入れを着ることはまずないからな」

「さようでございまするか」

「江戸はいかぬ。夏暑く、冬寒い。米は高く、人はこずるい」

首を振りながら吉宗が嘆息《たんそく》した。

「…………」

無言で聡四郎は、吉宗の話を聞いた。

「武士は貧しく、商人は肥え太る」

「…………」

「貧すれば鈍する。神君に従って戦場を駆け、手柄を競った武士《もののふ》たちの末裔《まつえい》が、商人どもに頭をさげて金を借り、怠惰《たいだ》な毎日を過ごすのみ。武家の権威は失われ、幕府の威儀も地に落ちている。天下のお膝元がこれでよいはずはない。そうであろう」

「はあ」

同意を求められた聡四郎はあいまいにうなずいた。

「よろしゅうございましょうや」

そこへ襖の向こうから許可を求める声がした。

「うむ」

鷹揚《おうよう》に吉宗が、応えた。

川村が膳を一つ捧げ持って入ってきた。

「二人でこれだけじゃ。紀州は金がない。客に出せるのも酒が二合に梅干しと焼き味噌だけよ」

苦笑しながら吉宗が、杯を手にした。

「余《よ》は勝手に飲む。おまえも随意にいたせ」

そう言うと吉宗は、さっそく杯をあおった。

「酒も悪い」

飲んでおきながら、吉宗が文句を言った。

「関東の酒は飲めぬ。ならばと灘《なだ》の酒をとり寄せてみたが、酢のようでしかない」

「そうでございましょうか」

一口含んで聡四郎は首をかしげた。

数年前まで、小遣い銭にも困っていた厄介者、旗本の四男に生まれた聡四郎はあまり酒を飲まなかった。いや、飲むだけの金がなかった。

今ではたまに飲むこともあるが、そのほとんどが相模屋伝兵衛、袖吉《そできち》など市井《しせい》の者と酌み交わす酒である。高価な灘の下り酒など滅多に口にすることはなかった。

「紀州で飲む灘の酒はうまい。なぜだかわかるか」

「いえ」

聡四郎は首を振った。

「運ぶのにときがかかるからじゃ。灘の酒は船で相模灘を渡って江戸に入る。その手間が酒を傷《いた》めるのよ」

「なるほど」

魚も野菜もそうである。産地から遠くなるほど鮮度は落ちた。

「廻船《かいせん》問屋とは、よいものよな。運んできたものをまずくしておきながら、高い船賃を取る」

「いえ、それは違いまする」

さえぎろうとした聡四郎を、さらに吉宗が制した。

「わかっておる。船には危険が伴う。無事に着くとはかぎらぬ。そのぶんも上乗せされていると申したいのであろう」

吉宗が聡四郎の言いたいことを先回りした。

「では訊くが、政もそうであってはいかぬのか」

「仰《おつしや》っておられる意味がわかりませぬ」

聡四郎は吉宗の意図をはかりかねた。

「翌年の凶作に備えて、今年年貢《ねんぐ》を多目にとりたててはいかぬのか」

「……それは無茶でございましょう」

「どこが無茶なのだ。豊作の年は多く、凶作は少なく。ならせば平年どおりにな
ろう」
「それでは、百姓たちが息つくときがございませぬ」
吉宗の言いだしたことに、聡四郎は首を振った。
年貢は大名ごとによって違うが、おおむね四公六民から六公四民の間であり、
多くは五公五民を施行していた。
ようするに、とれた米の五割を収公するということである。
凶作でも半分持っていかれるのだ。食べていくのが精一杯で、とても万一の備
えである貯蔵などできるはずもない。豊作の年にこそ余裕が生まれ、それを利用
して凶作に対応するのだ。その余裕に手を出すべきだと吉宗は言ったのである。
「ふむ。案外鈍いの。しかたない。国の基礎が米であることはわかるな」
「はい」
「その米には、豊作凶作がある。天の配剤、人ではどうにもならぬこととはいえ、
毎年の出来高《できだか》が大きく違う」
「…………」
手にしていた杯を、聡四郎は置いた。

「今年豊作だからと申して、来年どうなるかわからぬ。このようなあてにできぬものを頼りに千年の、いや百年の計が立つわけがないであろう」

「……それはそうでございまするが」

吉宗の言葉が正論であることを聡四郎は認めるしかなかった。

「しかし、それでは下におる者がもちませぬ」

長く金に困っていた聡四郎である、庶民のささやかな楽しみがどこにあるかをよく知っている。

「政があっての庶民である。その日のことしか考えぬような愚昧《ぐまい》な輩の明日を考えてやるのが、政を担う者の職務ではないのか」

「それは……」

「まあ待て」

反論しようとした聡四郎を吉宗が制した。

「政とはなんぞ」

「民の生活を守ることでございましょう」

「そのとおりじゃ」

青い聡四郎の答えを、吉宗が認めた。

「そもそも国とは、一人一人では身を護ることさえ難しい弱い者たちが、我が身を守るために寄り集まったことに端を発している」

「はい」

「多くの者が集まれば、そこに自然と役割が生まれてくることは当然であろう。戦に長《た》けた者が武士となり、国を治めるようになった」

吉宗が、杯に酒を注いだ。

「したが、武士だけで国が成りたつことはない。田を耕す者、機《はた》を織る者、商いをする者らがおらねばならぬ。それらが支えてくれてこそ、武士が戦や政に専念できる」

「仰せのとおりでございまする」

聡四郎は意外な思いで吉宗の話を聞いた。

「背中が不安では戦えまい。現実の戦は今はない。戦を政に変えてみよ。国の基盤が弱くて、どうやって民を守るというのだ。そして、この泰平の世で国の基盤となるのは金よ。いや勘定と言うべきかの」

「……………」

聞いた聡四郎は、息をのんだ。

新井白石と吉宗、二人の姿勢の違いに愕然《がくぜん》とした。

「先ほど余が申した豊作の年に年貢を増やすというのは、もちろんできることではない。それこそ毎年の年貢収入が予測できず、政の一年の未来《さき》が決められぬ」

「ではなぜ、さきほどそのようなことを」

「たとえ話にちょうどよいからじゃ」

聡四郎の問いかけに、吉宗が言った。

「余はの、年貢を米ではなく金にすべきだと考えておる」

「金に、でございまするか」

「うむ。米の出来高に関係なく、毎年決められた金額を納める。こうすれば、余剰が出たときの金を利用することもできようし、我らも翌年の収入を計算した政をおこなえよう」

「……ううむ」

うなり声を聡四郎はあげた。

「たしかに不作の年に、おなじだけの金を納めることは辛かろう。だが、それを準備しておくのは民の才覚である。そこまで面倒は見きれぬ。うまく豊作の年の金を増やしておけば、数年の不作があろうとも耐えられよう。さらに毎年決まっただけの金が入ってくると読めていれば、政もなににどれだけ遣うかが決められる。そこで生まれた余剰で、万一に備えることもできるであろうし、またその金を何年か繰りこして集め、新田開発や治水に使うこともできる」

そこまで口にした吉宗が、杯を聡四郎に差しだした。

「これで飲め」

紀州家当主吉宗が口をつけた杯である。破格のあつかいであった。

おもわず聡四郎は出された杯を受けとった。

「おまえの杯をよこさぬか。余が飲めぬ」

「これは、気づかぬことを」

命じられて聡四郎はあわてた。戦場でならいざ知らず、これもありえていいことではなかった。

「国の、いや、政の根幹は金だ。幕府も金に縛られておる。御上などと大きな顔をいたしておるが、そのじつ幕府の蔵に金はない。紀伊国屋文左衛門ら豪商から借りて、ようやく政らしきものをいたしておるだけじゃ」

「は、はあ」

休むことなく飲み続けている吉宗に比して、聡四郎は衝撃に杯を傾けることさえできなかった。

「金は汚いものじゃ。集めればかならず腐敗する。その腐敗が国を滅ぼすのだ。勘定吟味役の役目は、それを防ぐことぞ」

「はい」

胸を張って聡四郎は首肯した。

「手を貸せ、水城。そなたの勘定吟味役としての経験を、余のために、いや御上のために使え」

吉宗が、聡四郎を誘った。

「褒賞《ほうしょう》を約してはやれぬ。効果があがらねば意味がないからの。余に与するだけで立身出世できようと思っておる者が多いが」

吉宗が苦笑した。

「役立たずに渡す褒美《ほうび》などない。かえって邪魔なだけよ。この腐りきった幕政をやりなおすには、家柄や身分にこだわってはならぬ。余はやらねばならぬと思えば、御家人を老中や若年寄にすることもいとわぬ」

杯を叩きつけるように、吉宗が膳へ置いた。

「このままでは、幕府はもたぬ。家光《いえみつ》公以来浪費し続けることが政だと信じてきたような愚か者どもを放逐《ほうちく》し、使える者と入れかえ、思いきった手を打たねばならぬのだ」

吉宗が熱く語った。

「………」

吸いこまれそうになるのを、聡四郎は耐えた。六郷《ろくごう》の渡しで情け容赦なく尾張藩お旗持ち組士に止《とど》めを刺させた吉宗の姿が、かろうじて聡四郎を踏みとどまらせていた。

「幕府百年の礎《いしずえ》をなおすは、今しかない」

「わたくしになにをせよと」

大きく息を吸って、聡四郎は尋ねた。

「商人どもの内情を調べよ」

「内情を、でございまするか」

「うむ。右のものを左にするだけで、儲けを得ておる。百姓のように額に汗することもなく、職人のように形を残すわけでもない。ただ帳面上の動きだけで利を生みだす。それでいて、四民のなかでもっとも裕福である。このような不条理を許してはならぬ。年貢を米だけとしておるから、商人どもからなにも取りあげられぬのだ」

「運上金《うんじょうきん》を出させておりまするが」

「ふん。運上などごく一部だけではないか。酒、油、船などにはかかっておるが、材木、米、呉服商らは、儲け放題」

「……仰せのとおり」

聡四郎は頭《こうべ》を垂れた。吉宗は思いつきを口にしているのではないとあらためて理解させられた。

「しかし、すぐにどうこうできるものではない。まずは、十分に調べてからでなければ、商人どもを押さえこむことはできぬ。幕府の役人どもは、金で飼われているようなものだ。御上より商人に傾いておる」

「そのようなことはございますまい」

いかに賄賂《わいろ》をもらうのが当たり前となっているとはいえ、御上に逆らうほど役人たちは腐りきっていないと聡四郎は望みを持っていた。

「甘いな」

吉宗が鼻先で笑った。

「まあいい。その目で実際を見るまで納得はいくまい」

そう言うと吉宗は手を叩いた。

「お呼びでございましょうや」

襖が開いて川村が顔を出した。

「水城が帰る。門まで送ってやれ」

吉宗は、聡四郎の返答を聞こうとはしなかった。

「余の申したこと、ゆっくりと考えてみよ」

「……ご馳走になりました」

ていねいに頭をさげて、聡四郎は礼だけを述べた。

「では、水城さま、こちらへ」

川村が先に立った。

四

翌日、聡四郎は機嫌の悪い紅に起こされた。

「いつまで寝てるの」

「いかぬ。もう、日が昇ったか」

目を開けた聡四郎は、障子窓の外が白いことに気づいて、あわてた。

「めずらしいわね」

剣の修行を積んできた聡四郎は、朝稽古をかかさなかった。日が昇る前に起き、寒中といえども井戸水をかぶって身を清め、一放流の型をくりかえしてきた。それが、今朝はできなかった。吉宗の言葉が気になって、昨夜寝付けなかったせいであった。

「さっさとしないと。今日はお師匠さまのところへ行くんでしょ」

聡四郎の夜具を片付けながら、紅が言った。

「そうであった」

急いで身支度を調《ととの》えた聡四郎は、朝餉もそこそこに屋敷を出た。

「お弁当をあとで届けるから」

紅の見送りを背中に聞いて、聡四郎は足を早めた。

「大丈夫でございまするか」

いつものように供している大宮玄馬が、心配そうな顔で訊いた。それほど聡四郎の顔色はすぐれなかった。

「大事ない。体調がすぐれぬわけではないからな」

聡四郎は首を振った。

一放流の道場は、本郷御弓町を北に進んだ下駒込村《しもこまごめ》にあった。もとは百姓家《ひやくしようや》だったのを入江無手斎が買いとり、改築したのである。

一放流は江戸でほとんど知られていなかった。入江無手斎の剣名は江戸の剣術遣いのなかで知られてはいたが、無名の流派の哀しさ、弟子の数は両手で足りた。

「おめでとうございまする」

師範代に推されたこともある聡四郎は、勝手知ったる道場の裏、入江無手斎の部屋を直接訪れた。

「聡四郎か。入れ」

「はっ。お邪魔を」

許可を得て、聡四郎は障子戸を開けた。

やはり火の気のない部屋で入江無手斎が筆を持っていた。

「お師匠、よろしければ、わたくしが代筆を」

すぐ後ろにいた大宮玄馬が、急いで入江無手斎の側へと駆け寄った。

聡四郎の家士大宮玄馬は、入江道場で俊才をうたわれた剣士であった。小柄な体軀《たいく》が災いして、一撃必殺の一放流では免許皆伝を与えられることはなかった。

しかし、その動きの機敏さを生かした富田流小太刀に転向して、大きく才能を開花させていた。

「馬鹿め。おまえにさせてはなににもなるまい」

側に来た大宮玄馬をたしなめて、入江無手斎は筆を持った右手を支えるようにして左手を添え、ゆっくりと文字を書いた。

「いかがでございますか」

書かれた字を見た聡四郎は一瞬瞑目《めいもく》した。書き初めの白紙の上にあるのは、字ではなかった。

「ふん」

入江無手斎が鼻先で笑った。

「命と引き替えならば安いと思うたが、右手が使えぬのは不便きわまりないな」

右手の肘《ひじ》にしっかりと巻きつけられた晒《さらし》が、入江無手斎のいらだちをあらわしていた。

入江無手斎の傷は、一伝《いちでん》流二世浅山一伝斎《あさやまいちでんさい》改め浅山鬼伝斎《きでんさい》によってつけられたものであった。宿年の敵から果たし状を突きつけられ、二人きりで真剣勝負をおこなった入江無手斎は、鬼伝斎を倒した代償に右腕の肘に骨までおよぶ傷を負った。

「なんとか腕を失わずにすんだが、肉と筋が断たれていたそうだ。医者が言うには、生涯右手でものを握ることはできぬらしい」

「師……」

聡四郎は、言葉がなかった。

物心ついたときから、剣一筋にきた入江無手斎である。満足に竹刀《しない》を振るうこともできないことが、どれほど辛いか、聡四郎には察して余りあった。

「暗い顔をするな。正月早々、男の陰気な表情など見たくもない」

ふさぎこんだ二人の弟子を、入江無手斎が叱った。

「稽古始めをいたそう」

身軽に入江無手斎が立ちあがった。

「はい」

言いだしたら止めて聞く入江無手斎ではなかった。聡四郎は大宮玄馬をうながすと、道場へと出た。

二十畳ほどの板敷き道場は、冬の寒さを集めたかのように冷え冷えとしていた。

入り口で一礼した聡四郎は、道場に入る前に足袋《たび》を脱いだ。大宮玄馬もならった。

「まずは、おまえたちの精進《しょうじん》ぶりを見せてもらおうか」

上座に腰をおろして、入江無手斎が聡四郎と大宮玄馬に試合を命じた。

「はっ」

首肯して聡四郎と大宮玄馬は、道場備えつけの袋竹刀を手に中央で対峙《たいじ》した。

馬の裏革に割竹《わりだけ》を入れた袋竹刀を軟弱として使わない流派が多いなか、一放流は早くから取り入れていた。

鍔《つば》で敵の額を割る。隙間《すきま》なき間合いを極意とする一放流では、当たったところでさしたる問題の起こらない袋竹刀が稽古にちょうどよかったのだ。

木刀では学ぶことのむずかしいぎりぎりの見切りを、袋竹刀によって身につけさせるのだ。

「始め」

入江無手斎が開始を宣言した。

三間《げん》(約五・五メートル)の間合いで二人は袋竹刀を構えた。

聡四郎は軽く半歩右足を前に出し、袋竹刀を右肩にかつぐようにした。一放流極意、雷閃《らいせん》の構えであった。

雷閃は戦国の世、鎧兜に身を包んだ敵を倒すために始祖富田一放によって編みだされた技である。少しお腹を突きだしぎみにする姿は、けっして格好のよいものではないが、足の指からくるぶし、膝、腰、そして背中とたわめた全身の力を担いだ刀に集約して放つ。兜ごと、鎧ごと敵を両断する、まさに必殺の一撃であった。

対して大宮玄馬は、袋竹刀を下段におろしていた。

富田流にかぎらず、小太刀は小さな動きですばやく急所への一撃を加えることを旨《むね》としていた。

敵のくりだす太刀を受け止め、受け流し、かわし、隙が生まれるのをただひたすらに待ち続けるのだ。そして、その隙を逃さず、手首、脇の下、首筋など、大きな血脈の走っているところを的確に撃つ。

火と水。同じ道場で、一人の師に学びながら、聡四郎と大宮玄馬の剣はまったく逆であった。

「参れ」

「おおおう」

試合では格下から仕掛けるのが礼儀であった。

聡四郎にいざなわれた大宮玄馬が、気合いとともにすべるように間合いを詰めてきた。たちまち二人の間が縮んだ。

太刀の間合いは三間（約三・六メートル）、小太刀の間合いは一間半（約二・七メートル）という。しかし、一放流の間合いは一間（約一・八メートル）である。

聡四郎は微動だにせず、大宮玄馬が間合いに入るのを待った。

一間半になったところで、大宮玄馬の身体がぐっと沈んだ。膝を曲げて姿勢を低くしたのだ。小柄な大宮玄馬の頭は、大柄な聡四郎のへそまでさがった。

道場で熱心に型をくりかえす者ほど、みょうな癖がつきやすかった。道場の床や、己の足を打たないように、振りおろした太刀を水平の位置で無意識に止めてしまうのだ。大宮玄馬は聡四郎のいわば死角に身を入れた。

「ふっ」

息を抜くような気合いを出して、大宮玄馬が低い位置から聡四郎の太股を狙って袋竹刀を薙《な》いだ。

「甘い」

聡四郎は、踏みだしていた右足を引くことで見切った。

「りゃあ」

はずされた袋竹刀の勢いを使って、大宮玄馬が一回転するように身体を動かし、そのまま踏みこんでもう一撃を放った。

「…………」

聡四郎はそれもかわした。

「ほう」

見ていた入江無手斎が、小さく目を見開いた。

師匠の反応を見るまでもなく、聡四郎も大宮玄馬の上達振りに驚いていた。入江無手斎から師範代にならないかと声をかけられていた聡四郎である。己でも剣の天分《てんぶん》はないにせよ、人より稽古をしてきた自信はあった。その自信を打ち砕いたのが大宮玄馬であった。

八歳になるなり入門してきた大宮玄馬は、聡四郎の肩ほどしかない子供のころから天賦《てんぷ》の才能を発揮し、十三歳で目録《もくろく》を受けた。

「まちがいなく、玄馬は天才じゃ」

入江無手斎をしてそう言わしめた大宮玄馬であったが、さすがに修行年限の差を詰めることはそうできることではなく、今までは聡四郎の勝ちで試合は終わっていた。

「そんなところにおらず、なかに入りなされ」

試合をしている聡四郎と大宮玄馬から顔をはずさず、入江無手斎が言った。

「いえ。神聖な道場でございますれば」

道場外の廊下に紅が座っていた。

武術道場は、薙刀《なぎなた》や小太刀など一部を除き、女人禁制であった。女がいれば修行のさまたげになると考えられていた。

「ふん。寝言は坊主に任せておきなされ。女なくして人は成りたたぬ。上泉伊《かみいずみい》勢守《せのかみ》も宮本武蔵《みやもとむさし》も母親の腹から生まれたのじゃ。なにより女が側にいるだけで迷うようならば、修行などしても一緒じゃ」

遠慮する紅に入江無手斎が笑った。

「間近で見ておかれよ。今、一人の剣士が壁を突き抜けようとしておる。いや、一人前の剣術遣いが誕生するとき。その場に立ち会えるなど、生涯で幾度もあることではない」

「ですが……」

「聡四郎も変わるぞ」

まだ遠慮している紅に、入江無手斎が追いうった。

「……聡四郎さまも」

「ああ。見ろ、聡四郎の顔を」

言われた紅が、聡四郎に目をやった。

「見ておきなさい、男が一皮むける瞬間をな」

「はい」

うながされた紅が静かに入江無手斎の後ろに座った。

聡四郎に入江無手斎と紅のやりとりは聞こえていなかった。声は聞こえていたが、大宮玄馬から意識をはずすことができず、なにを言っているか理解できなかった。

それほど大宮玄馬の動きはすさまじかった。

「えい」

左足を膝で折るように曲げて、大宮玄馬が低くなった。その形から水平に袋竹刀を薙《な》ぐ。袋竹刀は聡四郎の膝を狙っていた。

「おう」

小さく後ろに跳んで聡四郎がかわした。袴を揺らすほどの剣風が、聡四郎の膝前二寸（約六センチ）を過ぎた。

「よくぞかわした。したが、聡四郎の構えはずたずたじゃな」

入江無手斎が語った。

一放流は竹刀で撃ちあうことをできるだけ避けた。これは、攻撃を受けることをいましめるためであった。竹刀で受ける癖をつけてしまうと、真剣勝負のときもつい刀で一撃を防いでしまう。丈夫そうに見えるが、撃ちあえば太刀は曲がる。いや、下手すれば折れるのだ。命を賭けた戦いの最中に得物《えもの》を失うことは、死を意味する。戦国の息吹《いぶき》をそのままに伝える一放流は、稽古でも竹刀同士の当たりを厳にいましめていた。

「腰が伸びておる」

言われて紅も気づいた。聡四郎はほとんどまっすぐに立っていた。

「あれでは雷閃が撃てぬ」

入江無手斎に念を押されるまでもなく、聡四郎は反撃の端緒《たんしょ》をつかめずにいた。

一放流極意雷閃は、しっかりと足場を固め、重心を不動のものにして、全身の力を剣にあわせるようにして撃つ。そのもっともたいせつな重心を、聡四郎はくるわされていた。

小太刀は太刀よりも間合いが短い。それは敵の太刀が届く範囲に踏みこまない

と、己の一撃が届かない不利であったが、同時に取り回しのよさから一閃が疾《はや》い
との利点でもあった。

「ふっ、ふっ」

口を尖らせて、小さく息を吐きながら大宮玄馬は休むことなく攻め続けてくる。

聡四郎はぎりぎりで見切りながら、それをかわしていた。

「そろそろ我慢できなくなるころだろう」

入江無手斎が、紅にささやいた。

「見のがされるな」

「はい」

紅が首肯して、ぐっと身を乗りだした。

押されながらも大宮玄馬の息をはかっていた聡四郎は、連続技をくりだす大宮
玄馬の呼吸にかすかな乱れを読んだ。

下からすくうように股間を狙った一刀をかわして、聡四郎はほんの少し腰を落
とした。それは逃げることを止めたあらわれであった。

「おうりゃああ」

腹からの気合いというのは腰が据わって初めて出すことができる。聡四郎は剣

気を声にのせた。

「せいやあ」

大宮玄馬が応えて叫んだ。

ここは受けておかないと気迫に呑まれ、剣先が鈍るのだ。

二人の気合いで道場の羽目板が揺れた。

「ひくっ」

乗りだしていた身を紅が思わず退いた。

「命のやりとりができるようになったの。二人とも」

みじんも揺らぐことなく、入江無手斎がつぶやいた。

「戦国ならば、すなおに褒めてやれるが、泰平の世では、不幸なことかも知れぬな」

「えっ」

「…………」

意図がわからないと聞き返した紅だったが、入江無手斎は応えなかった。

「出るぞ」

入江無手斎の言葉に、あわてて紅が聡四郎に顔を向けた。

腹の底から叫ぶために動きを止めた大宮玄馬に、聡四郎が向かった。

「……ぬん」

聡四郎はかついでいた袋竹刀をほんの少し右に傾け、一気呵成《かせい》に肩で弾《はじ》くようにして振り落とした。

「馬鹿め、伸びたままじゃ」

入江無手斎のつぶやきは、紅にしか聞こえなかった。

「……………」

聡四郎の雷閃の相手を大宮玄馬はせず、腰を落とした構えのまま袋竹刀を下段から撥《は》ねあげた。

鈍い音がして、聡四郎の袋竹刀が大宮玄馬の右肩を撃ち、大宮玄馬の一撃は聡四郎の胴に食いこんだ。

「それまで」

入江無手斎が左手をあげて、勝負の終わりを宣言した。

「はっ」

「ありがとうございました」

聡四郎と大宮玄馬は、袋竹刀を引いて三間の間合いに戻り、互礼《ごれい》をかわした。

「なかなかであった」

立ちあがった入江無手斎が、二人の間に入った。

「勝負は、玄馬の勝ちじゃ」

「えっ」

言われた大宮玄馬が目を剝いた。

「殿の袋竹刀は、わたくしの急所をとらえておりまする」

首筋を大宮玄馬が押さえた。

「聡四郎、おまえはどうだ」

それには応えず、入江無手斎は聡四郎に問うた。

「わたくしの負けでございまする」

ゆっくりと聡四郎は認めた。

「玄馬の袋竹刀が、刹那《せつな》早うございました。腹を存分に裂かれてからの一刀では、甲冑《かっちゅう》を両断するどころか、肉を断つことさえかないませぬ」

「死に刀はきかぬ」

聡四郎の言いぶんに入江無手斎がうなずいた。

「この勝負、大宮玄馬の勝ちとする」

あらためて入江無手斎は告げた。

「大宮玄馬」

「はっ」

師匠から呼ばれて大宮玄馬が膝を突いた。

「富田流小太刀を学んだとはいえ、儂は許しを得ておらん。ゆえに、そなたに富田流小太刀の免許を与えてやれぬ」

「いえ、そのような。まだまだ未熟でございますれば」

あわてて大宮玄馬が首を振った。

「玄馬、それは拙者《せっしゃ》を愚弄《ぐろう》することになるぞ」

聡四郎が謙遜《けんそん》を続ける大宮玄馬を叱った。

「未熟なそなたに負けたことになる」

「いや、そんな」

言われて大宮玄馬が焦った。

「まあ、聡四郎が未熟なのはたしかじゃ。だが……玄馬よ、よくぞ勝った」

入江無手斎が、聡四郎をけなしつつ、大宮玄馬を賞した。

「……はい」

照れながら、大宮玄馬が首肯した。

「ついては、免許皆伝ではなく、これをやろう」

入江無手斎が、腰に帯びていた脇差を大宮玄馬に差しだした。

「師、これは……」

「うむ。儂が先代より受け継いだものだ。それほどよいものではないが、受けとれ」

「いただけ。玄馬」

躊躇《ちゆうちよ》する大宮玄馬に聡四郎は勧めた。

「かたじけなき」

大宮玄馬が脇差をおしいただいた。

「あともう一つ」

表情を引き締めて、入江無手斎が大宮玄馬を見つめた。

「大宮玄馬、そなたに一放流小太刀を興《おこ》すことを許す」

「…………」

大宮玄馬が絶句した。

「師。ありがとうございまする」

呆然《ぼうぜん》としている大宮玄馬に代わって聡四郎が礼を述べた。

剣士にとって、師匠より一流を立ててよいと言われる以上の栄誉はなかった。

「わ、わたくしには荷がかちすぎまする」

震える声で大宮玄馬が首を振った。

「玄馬さん」

割りこんだのは紅であった。

「おめでとうございまする」

最初にお祝いを述べた紅が、きびしい顔になった。

「断る気なの。だったら、玄馬さん、あなたはお師匠さまの目を疑うことになるのよ。もちろん、聡四郎さんの腕も馬鹿にすることになる」

「そんな気は……」

あわてて玄馬が否定した。

「だったら、受けなさい。お侍でしょ。男なんでしょ。だったら、認められたことを誇りなさい」

「……わかりましてござる」

大宮玄馬が、うなずいた。

「師匠。ありがたくお受けいたしまする」

「うむ。ますます精進せよ」

入江無手斎が首肯した。

「はあ……」

聡四郎に顔を向けて、入江無手斎がため息をついた。

「おまえでは、勝てぬわな」

「なんでございましょう」

聡四郎が問うた。

「わからぬか。まあいい。聡四郎」

「はっ」

「手放すでないぞ」

「…………」

入江無手斎の言葉の意味がわからず首をかしげる聡四郎に比して、紅の顔は真っ赤に染まっていた。

「馬鹿らしい。さっさと去《い》ね」

追いだすように入江無手斎は三人を帰した。

「やはり聡四郎の剣筋にゆがみがある。命取りになる」

一人道場に残った入江無手斎がつぶやいた。

第二章　幕の裏側

一

松の内とはいえ、十日を過ぎると正月気分も抜ける。商家は通常のように店を開け、職人はせまりくる納期にあわせて腕を振るい、武士は決められた勤務に従う。

江戸の町は普段の姿を取り戻していた。

そんななか、芝居四座は元日の熱気を保っていた。

「大入りだ、大入りだ。山村座は本日も大入り満員。世話事の名人生島新五郎の舞台を見なきゃ、芝居は語れねえよ」

大声を張りあげて、金棒引《かなぼうひ》きが江戸の町を歩き回っていた。

金棒引きとは金属の棒にたくさんの輪をつけ、それを地面に引きずりながらいろいろなことを触れ歩く男のことである。金の輪が棒に当たって甲高い音を出すことで、人目を惹いた。

「山村座かい」

本郷御弓町からの帰り道、供している袖吉に紅が話しかけた。

「へい。ずいぶんと評判のようですぜ」

「ふううん。まあ、けっこうなことじゃないか」

興味なさそうに紅が言った。

「まあ、昔からお嬢さんは、女にはめずらしい芝居嫌いでやすからねえ。ご存じないのも当然でやしょうが」

袖吉が肩をすくめた。

物心ついたころからあらくれ職人たちに囲まれていたのだ。紅は普通の女子供が好きなことに興味がなかった。

「そういう袖吉は見たのかい」

「ご冗談。幕間の立ち見でさえ、札《ふだ》屋から倍の値段で買わなきゃいけねえんでやすぜ。そんな金があったら、酒をたしなみまさ」

袖吉が笑った。

「なにが酒をたしなむだい。袖吉の場合は、酒よりもおしろいの香りだろ」

「えへへっ」

紅にたしなめられて、袖吉が頭を掻いた。

「聡四郎さんに、みょうなことを教えるんじゃあないよ」

「わかってまさ。あっしだってまだ命は惜しゅうござんすからねえ」

あわてて袖吉が手を振った。

「もう暮六つ（午後六時ごろ）に近いというに、まだ人通りはあるねえ。それも女の姿が多い」

「芝居帰りでやしょう」

足を止めた紅に、袖吉が答えた。

元大坂町《もとおおさかちょう》に近づくにつれて、ますます人は増えた。相模屋伝兵衛宅は銀座《ぎんざ》にほど近い元大坂町にあり、山村座のある木挽町にも近かった。

「飲んでるようだねえ」

すれ違った数人の女たちを振り返りながら、紅が目を見開いた。紅も酒を飲まないわけではないが、少なくとも家の外で口にするようなまねはしなかった。

「芝居茶屋でひいきの役者と晩飯でも食ってたんでしょうよ」

肩をすくめるようにして袖吉があきれた。

「たまのことならいいけどねえ。くりかえすと噂になるよ」

紅が、ふたたび歩きだした。


箸の上げ下ろしから廊下の曲がり方まで、規則にきびしい大奥でも、正月は羽目をはずすことになっていた。

御末《おすえ》あるいは御犬《おいぬ》と呼ばれる下働きと違って、終生奉公と決まっている女中たちは、家に帰ることもできず、ずっと大奥に閉じこもりきりなのだ。どこかで息抜きをしなければ、身体がもたなかった。

さすがに元日はおごそかな儀式に終始するが、二日目からはいろいろな行事にかこつけた遊びが始まる。

京から来た上臈衆《じようろうしゆう》は百人一首や和歌などを、中臈《ちゆうろう》たちは貝合わせやすごろくで楽しむ。

日ごろとさして変わらないようであったが、将軍家から酒がふるまわれることもあって、かなり席は乱れるのだ。

「その笄《こうがい》をいただきとう存じまする」

「ならば、わたくしは、あなたさまご自慢の文箱《ふばこ》をちょうだいしましょうぞ」

貝合わせにものを賭けるなど序の口であった。

「負けた者は一枚ずつ着物を脱ぎやれ」

古参の女中が新参者をいたぶるためにすごろくを利用したり、扇子なげの台代わりに若い部屋子《へやこ》を座らせたりなど、目を覆わんばかりのふるまいもあった。

「みな実家をたぐれば、お歴々か、かなりの大店《おおだな》であろうに」

天井裏からそのありさまをうかがっていた伊賀者《いがもの》が嘆息した。

幕府の忍《しのび》は大きく分けて四つあった。伊賀、甲賀《こうが》、根来《ねごろ》、そして甲州《こうしゅう》忍の流れを汲む黒鍬者《くろくわもの》である。

そのなかで今でも忍の矜持《きょうじ》を持ちえているのは、伊賀だけであった。

甲賀は与力として大手門の番卒《ばんそつ》に、根来は鉄炮衆に、そして黒鍬者は普請方《ふしんかた》にと、その姿を変えていた。

分割されたとはいえ、伊賀者はいまだに忍であった。明屋敷《あきやしき》伊賀者、山里《やまざと》伊賀者など、忍とはかかわりのない番人に落ちぶれた者もあったが、御広敷《おひろしき》伊賀者は違っていた。

戦国の世、闇に潜み、敵情を探り、ときには偽報を流して敵陣を乱すなど一人の武者以上の活躍をした伊賀忍者だったが、働きにふさわしい待遇は得られなかった。

その任の性質から、手柄を立てても名のりをあげることはできなかった。一騎打ちこそ戦場の華、忍のたぐいなど武士にあらず、やれ化生《けしょう》の者《もの》とさげすまれ、泰平の世となっても人がましいあつかいはされない伊賀者は、鬱々《うつうつ》とした気持ちをぶつけるかのごとく修行にはげみ、いまだ忍の技を受け継いでいた。

御広敷は大奥と中奥《なかおく》、いわば将軍の私《わたくし》を担当する部署である。将軍とその家族の食事を作り、衣服を調達するだけではなく、大奥に勤める女中たちの監督もその任であった。

一つまちがえば、将軍の命にかかわるだけに、役人のなかでもとくに信頼の置ける者が御広敷を統括し、その配下として伊賀者が外からの侵入に備えていた。

御広敷伊賀者の主な任務は、大奥への出入り口である七《なな》つ口《ぐち》の警衛であったが、それは表向きでしかなかった。

将軍ならびにその家族の身辺警固《けいご》こそ、御広敷伊賀者の真の任務であった。

男子禁制の大奥に伊賀忍者が入りこんでいるなどと表に出すことはできるはず

もなく、御広敷ではこれを陰番《かげばん》と呼んで秘密にしていた。

九十六人の御広敷伊賀者は幾組かに分かれ、非番、当番、そして陰番をこなしていた。

「これが天下の大奥とは。情けなきよな」

すごろくに負け、腰巻一つで踊らされている二十歳に満たない若い女中の裸を見ても、伊賀者の目に劣情が浮かぶことはなかった。

まる一昼夜、飲まず食わずで屋根裏に潜み、物音一つ立てることも許されない、苦行に近い任に伊賀者が耐えているには理由があった。

「御当代将軍家にお世継ぎさま御誕生とならば、側近くにおりし伊賀者にもその祝賀はおよぼう。御目見得《おめみえ》とは言わぬが、百俵の禄を与え、同心から与力格へとあげてやろうほどに」

幕府きっての権力者間部越前守から、そう約束されたからであった。

御広敷は老中支配でありながら、そのじつ大奥の手のなかだった。

三代将軍家光《いえみつ》の乳母春日局《かすがのつぼね》が築いた大奥の権威は幕政にもおよび、御広敷の人事などを思うがままにしていた。

御広敷を束ねる番頭《ばんがしら》などは、まだよかった。大奥の機嫌を損ねさえしなければ、数年で書院番《しょいんばん》や小納戸《こなんど》などに転じていける。しかし、世襲として御広敷に配されている伊賀者は、大奥に属しているも同然であった。

御広敷伊賀者は、御広敷番頭の下役でありながら、実際は大奥の有力者の命令で動いていた。

「月光院《げっこういん》さまもお盛んなことだ」

中臈たちの住むお局ではなく、将軍家継の寝所を見守る陰番の伊賀者が冷たい声で漏らした。

注視してもわからないほど細くずらされた天井板の隙間から見える下の部屋では、男女の睦《むつ》みごとがおこなわれていた。

「越前、はよう、越前」

打ち掛けを夜具代わりに敷いた上で、月光院がしどけない姿態をさらしていた。

「月光院さま、ご無礼つかまつりまする」

袴をはずし、下半身をあらわにした間部越前守が、月光院の太股の間に腰を割りこませた。

幼い将軍の傅育《ふいく》を盾に、男子禁制の大奥へ、間部越前守は自在に出入りしていた。

小半刻《こはんとき》（約三十分）ほどで、月光院の局に嬌声《きようせい》が響いた。

「上様はよろしいので」

月光院の後始末をしながら、間部越前守が訊いた。

「絵島《えじま》がすごろくのお相手をしておる。それにお気に入りのお菓子もある。上様のご機嫌はだいじない。心配せずとも、あと半刻《はんとき》（約一時間）は大丈夫じゃ、越前」

荒い息をつきながら、月光院が答えた。

「それは重畳《ちようじよう》でございまする」

下帯を締めながら、間部越前守がうなずいた。

「もう帰ると言うのか」

身支度を調えている間部越前守に、月光院が咎《とが》めるような声をかけた。

「いたさねばならぬことがございますれば」

「わらわよりもたいせつなことなのか」

「上様をお守りいたすためでございまする」

「上様のためとあらば、いたしかたないの」

気だるそうな感じを一掃して、月光院が身を起こした。

「誰《たれ》かある」

素裸のまま月光院が声を出した。

「お呼びでございましょうか」

隣室との襖が開いて、月光院付きの女中が顔を出した。

「召し替えを」

「承知つかまつりました」

すぐに数人の女中が手にいろいろなものを持って入ってきた。

最初に大きな漆《うるし》塗りの手桶が運びこまれ、そこに湯が注がれる。

「湯殿《ゆどの》へお出向きになればよろしいでしょうに」

着替え終わった間部越前守が、提言した。

大奥にはいくつかの湯殿があった。大奥を取りしきっている月光院ならば、いつでも入浴できた。

「天英院《てんえいいん》の目がある」

月光院が吐きすてた。

天英院とは、先代将軍家宣の正妻である。

関白近衛《かんぱくこのえ》家から嫁ぎ、家宣との間に一男一女をもうけたが、ともに早世していた。家宣死去ののち落髪して天英院と号していたが、昨年四月に従一位《じゅいちい》に任じられたことで、一位さまと称せられていた。

将軍生母である月光院にはおよばないが、天英院も幕閣《ばっかく》に影響を持つ実力者であった。

「昼間から湯など浴びようものなら、なにを言われるかわかったものではないわ」

月光院と天英院の仲は悪かった。

家宣が生きていたころはまだよかった。家継の母親といえども、将軍である家宣から見れば使用人でしかなく、月光院は天英院の前では一段引いていたからであった。しかし、家宣が死に、家継が将軍になると立場は逆転した。

月光院は家宣の側室から将軍生母になったのだ。

表立っては、従一位である天英院が上であるが、大奥の実権は月光院の手に落ちた。月光院の態度が変わったのもむべなるかな、である。当然天英院がおもしろいわけはなく、大奥は二つに割れてにらみあっていた。

「お固めになられておられましょうに」

意外なことを聞いたと間部越前守が目を少し大きくした。

「ふん。長袖《ながそで》の血を引く者ぞ。一筋縄ではいかぬ」

桶の湯で身体を清められながら、月光院が吐きすてた。

長袖とは、公家《くげ》の蔑称《べっしょう》である。袖の長い大紋《だいもん》や直衣《のうし》姿のことを皮肉ったもので、長袖の陰でこそこそするさまを言ったものだ。

「息のかかった者がおると」

「うむ。さすがに上様のご寝所側に仕えるこの者たちは、身元もはっきりとしておるが、厠《かわや》や湯殿、あるいは廊下番などはどこでどう繋《つな》がっておるかはわからぬ」

押しつけるようにして真綿で水気を取ってもらいながら、月光院が苦い顔をした。

「わたくしも気をつけるといたしましょう」

間部越前守が、部屋を出ていった。

大奥の浮かれ騒ぎは十日の暮六つの鐘を合図に終わる。

「お鎮《しず》まり」

天英院に代わって大奥を取りしきる、といったところで形だけであったが、上《じょう》臈《ろう》の一言で女中どもは落ち着きを取り戻した。

二

正徳二年（一七一二）十月に死去した六代将軍家宣の祥月命日《しょうつき》は十四日であるが、今月は日柄が悪く少し早め、一月十二日におこなわれることとなった。

「では、行って参じまする」

月光院付きの中臈絵島が、ていねいに頭をさげた。

「うむ。頼んだぞ」

家継を膝の上に抱いた間部越前守に寄り添う月光院に見送られて、絵島が大奥を出たのは、四つ（午前十時ごろ）であった。

絵島の乗った駕籠を中心に大奥の女中たち二十人ほどと、警衛を担う御広敷伊賀者四人の行列は、七つ口から御納戸口《おなんどぐち》御門を経て江戸城を出た。

一行は家宣が祀《まつ》られている芝《しば》の増上寺《ぞうじょうじ》に入ると、僧坊《そうぼう》で休息、着替えをおこなったあと、本堂にて祥月命日の法要をすませた。

法要の後、中食《ちゅうじき》の接待を受けた絵島たちは、増上寺を出た足で木挽町に向かった。

山村座の裏手に着いた駕籠を、幕府出入りの呉服屋後藤縫殿助が待っていた。

「ようこそのお見えで」

「お招きにあずかりまする」

駕籠から降りた絵島が、軽く会釈をした。

「本日はこのような小屋にお運びいただき、ありがとうございまする。一座の者になりかわりまして、深く御礼申しあげまする」

後藤縫殿助の後ろに控えていた山村長太夫が、ていねいに腰を曲げた。

「…………」

絵島はそれに応えず、無言で山村長太夫を見おろした。あいさつへの反応がない山村長太夫はどうしていいのかわからず、ずっと頭をさげていた。

身分低き者とされている芝居者へ、直接声をかけることを絵島ははばかったのだ。

「ささっ、どうぞ」

見かねた後藤縫殿助が、絵島をいざなった。

「では、我らはここにて。のちほどお迎えに参りまする」

供していた御広敷伊賀者が、すっと消えた。

代参の供は伊賀者にとっても息抜きであった。わずかばかりの給金からようやく捻出した小遣いを持って、伊賀者たちは浅草あたりの岡場所に安女郎を買いにいくのだ。これからおこなわれる乱行を見ていないとの主張も兼ねている。誰でも弱みを握られたくはない。じっと駕籠脇で待たれては、絵島もゆっくりと遊べず、機嫌を損ねることになる。伊賀者がその場をはずれるのも気遣いであった。

大奥女中の一行は、他の客たちの目に触れないように、舞台裏を通って、袖近くの枡に案内された。

高貴な客のために設けられたそこは、周囲から見えないように御簾《みす》がおろされていた。

「すでに芝居は始まっておりますれば。どうぞ」

絵島の後ろに後藤縫殿助が陣取った。

芝居は日が上るなり開始されるのが常であった。もちろん、最初から看板の役者が出るはずもなく、未熟な役者たちの場慣れに近い舞台である。芝居につうじた客のなかには、そこから将来の看板役者を見いだすのを楽しみにして、早くから来る者もいたが、ほとんどはお目当ての演目、その少し前に入る。

絵島たちは、切狂言《きりきようげん》を務める生島新五郎の芝居だけを見るつもりで、昼過ぎに入ったのであった。

「…………」

無言で絵島が座った。

役者の顔を正面からとらえることは難しかったが、枡席から舞台は手に取るように見えた。

「まもなく生島新五郎の出番でございまする。ほれ、出ましたぞ」

後藤縫殿助が、大仰《おおぎょう》な身振りで報《しら》せた。

面明《つらあ》かりに映えるよう真っ白くおしろいを塗りたくった生島新五郎が、大きく見得《みえ》を切った。

万雷《ばんらい》の拍手が小屋にこだました。

「いかがでございまする」

後藤縫殿助が、小さな声で訊いた。

「しいい」

咎めるような音を出しながらも、絵島はじっと舞台に顔を向けたままだった。

他の大奥女中たちも、息をのんで芝居を、役者を見ていた。

「はあ」

生島新五郎の動きに、絵島が大きくため息をついた。

「………」

後藤縫殿助が満足そうな笑みを浮かべた。

芝居の始まりが朝早いのは、蠟燭《ろうそく》や灯明《とうみょう》などの灯《あか》りに金がかかるからだ。日の光が差せば、芝居小屋は木戸を開けて客を入れた。

代わりに閉まるのも早かった。

客を追いだすかのように、拍子木が細かい調子で打たれ、芝居の終了を告げた。

「いかがでございましたでしょうか」

山村長太夫が、枡まであいさつをしにきた。

「いや、楽しませてもらった」

にこやかに笑いながら後藤縫殿助が、褒めた。

「これは少ないが、心付けにな」

懐から紙に包んだ小判を後藤縫殿助が出した。

「ありがとうございまする」

遠慮なく山村長太夫が受けとった。

「……みごとであった」

黙っていた絵島が山村長太夫を見ないようにしながら口を開いた。

「畏《おそ》れいりましてございまする」

あわてて山村長太夫が平伏した。

満足そうにうなずきながら、後藤縫殿助が絵島を誘った。

「いかがでございましょう。花役を演じました生島新五郎にもねぎらいの言葉などをかけてやってはいただけませぬか」

「生島新五郎をここに呼ぶと申すか」

絵島が身を乗りだした。

「いえ、ここではなんでございますゆえ、別座敷をもうけさせていただきまする」

山村長太夫が、平伏したまま告げた。

「そまつながら、宴席のまねごとなど用意いたしておりますれば、なにとぞ」

続けて後藤縫殿助が誘った。

「いつも絵島さまには、いろいろとご便宜《べんぎ》をお図らいいただいておりますので」

「少しだけなら」

重ねて言われた絵島が首肯した。

小屋から芝居茶屋に席を移して、宴会が始まった。

当代一の役者生島新五郎、座元兼戯作者山村長太夫や座持ちのうまい者たちが取りもった宴席は、おおいに盛りあがり、絵島もかなり酒を過ごした。

江戸の刻は日の出を明け六つ（午前六時ごろ）とし、日没を暮六つ（午後六時ごろ）としている。明るい間を日中としているのだ。当然夏は長く冬は短い。

芝居が跳ねたとき、すでに八つ半（午後三時ごろ）を過ぎていた。絵島たちの宴席が終わる前に七つ（午後四時ごろ）を報せる鐘が鳴った。

「今の鐘は……」

酔っていた絵島の顔色が音を立てて青ざめた。

江戸城諸門の門限は暮六つであったが、大奥の出入り口である七つ口は、その名のとおり七つに閉じられた。

「か、帰る。急ぎ、駕籠を」

一緒に飲んでいた女中たちがあわてだした。

「伊賀者はどうしたのじゃ。刻限を計るのが、あの者どもの任であろうが」

絵島が怒鳴った。

「いかがなされました」

不意なことに驚いた生島新五郎が問うた。

「門限じゃ。七つ口が閉じられてしまう」

言いすてると、絵島は打ち掛けの裾をひるがえして宴席を立った。

「そうお急ぎになられずとも、将軍ご生母月光院さまのお側で第一の絵島さま。門限などどうにでもなりましょう」

後を追いながら後藤縫殿助が、口を出した。

「さようでございまするとも。絵島さまなら大事ないと」

山村長太夫も追従《ついしょう》した。

「絵島さまの後ろには月光院さまが、月光院さまの後ろには間部越前守さまがおられまする。門番ごときが止められようはずもございませぬ」

重ねるように後藤縫殿助が宥《なだ》めた。

「そう。そうよな。越前守さまのお名前を出せば、御広敷ごときなにほどのことがあろうか」

絵島が足をゆるめた。

「さようでございまする」

一歩後ろを進みながら、後藤縫殿助がお世辞《せじ》を言った。

「それに、日が暮れの江戸で駕籠を急がせるのは騒ぎのもととなりましょう。目立つことになりますぞ」

「うむ」

江戸の町で早駕籠は滅多になかった。老中の乗る駕籠だけ刻み足という独特の姿で市中を走ったが、他は違った。

江戸の町は天下のお膝元として、町奉行以下治安も行き届き、騒動はほとんどなかった。

元禄《げんろく》十四年（一七〇一）、赤穂《あこう》藩主であった浅野《あさの》内匠頭《たくみのかみ》長矩《ながのり》が殿中にて吉良上《きらこう》野介《ずけのすけ》義央《よしなか》に斬りつけた一件で、江戸から赤穂へと報せを運ぶ早駕籠が走った。それがいまだに話題になるほどめずらしいのだ。

七つといえば、仕事帰りの庶民で町はにぎわう。その人々を蹴散らすように豪華な女駕籠が走ったとなれば、明日には江戸中の話題となりかねなかった。

「目立たぬていどに急いでな」

陸尺《ろくしゃく》と呼ばれる幕府の駕籠かきに命じて、絵島が駕籠に乗りこんだ。

「伊賀の衆が見えませぬが」

命じられた陸尺がおずおずと言った。

「そのような者など、どうでもよいわ。出しやれ」

「はっ」

怒鳴りつけられた陸尺が、あわてて駕籠を担ぎあげた。

酒の酔いと駕籠の揺れで、うたた寝をしてしまった絵島は、七つ口に着くなり唖然《あぜん》とする羽目になった。

将軍家が通る御鈴《おすず》廊下を除いて、大奥へのただ一つの出入り口である七つ口の木戸がしっかりと閉じられ、六尺棒を持った御広敷番が前に立ちふさがっていた。

「大奥年寄《としより》絵島さまである。月光院さまの代理にて増上寺へ参詣した帰りじゃ。門を開けよ」

行列の差配をしている大奥御使番《おつかいばん》の女中が番卒に命じた。

「すでに門限を過ぎておる。開けることはかなわぬ」

御広敷番は首を横に振った。

「刻限を過ぎたと申すか。絵島さまが門限に遅れたと申すのだな。無礼なことを。今なら聞かなかったことにいたすゆえ、すぐに門を開けやれ」

御使番が、威丈高《いたけだか》に告げた。

「小半刻（約三十分）前に、お城の土圭《とけい》が七つを報せたのだ。それが狂っていると言われるのだな」

御広敷番も言い返した。

江戸城の土圭は、御殿坊主の管轄である。軽輩であるが、老中や若年寄などの幕閣に近く、敵に回すとかなり厄介な相手であった。

「おのれ、まだ抗弁いたすか……」

御目見得以下、御家人の御広敷番を身分低き者と見下した御使番が、声を張りあげた。

「待ちや」

御使番を制して絵島が前に出た。

「絵島である。刻限がどうであるかは問わぬ。ただ、扉を開けてくれさえすればよい。そなたたちはなにも見なかった。それでどうじゃ。きっと後日礼をいたすが」

絵島が御広敷番に提案した。

「これは絵島さまとも思えぬお言葉でございまする」

誘いをあっさりと御広敷番は断った。

「七つ口は、一度閉まれば明朝六つ（午前六時ごろ）まで開かれぬのが決まり。

大奥をとりしきられている御年寄《おとしより》がご存じないはずはございますまい」

「それはそうであるが……そなたの名前、間部越前守さまに申してもよいのか」

埒が明かないと見た絵島は脅しに出た。

「規則を守った者を罰することは、誰にもできませぬ」

がんとして御広敷番も受けつけなかった。

通せ通さぬの言い争いは、双方の興奮もあってだんだん声高になっていった。

「なにごとぞ、騒々しい」

ついに御広敷を支配する留守居《るすい》が出てくる騒ぎになった。

留守居とは将軍家が江戸城を離れたとき、代わって城を守る重要な役目であった。役高五千石で旗本の顕官《けんかん》とされ、大目付《おおめつけ》や大番頭《おおばんがしら》などの役職を歴任してきた老練な者が選ばれた。

「これはお留守居さま」

御広敷番が頭をさげ、事情を説明した。

「よくぞ守った。褒めてとらす」

留守居は絵島を見ることなく、御広敷番の行動を認めた。

「……留守居どの」

大奥年寄といえども、留守居には気を遣わなければならない。絵島が遠慮がちに声をかけた。

「絵島どの」

御広敷にかかわる者どもを支配するだけに、留守居は絵島の顔を知っていた。

「お通しすることはかないませぬ」

「そこをなんとか」

絵島が下手に出た。

留守居は首を振ると、御広敷番に命じた。

「目付の衆を呼んで参れ」

聞いた絵島の顔色が変わった。

目付は旗本のなかの旗本と言われる。千石内外の優秀な者から選ばれ、峻厳《しゅんげん》で聞こえた。曲がったことはいっさい許さず、在任中は情に流されたと疑われるのを避けるために、親子親族の縁を切るほど、職務に忠実であった。

老中や側用人を介することなく将軍に直接事案を言上することが許されており、御三家さえ遠慮するほどの相手である。

すぐに宿直《とのい》番の目付が駆けつけてきた。

「絵島。そのまま親元へ戻り、謹慎いたせ」

事情を見てとった目付は、冷たい声で絵島に告げた。

こうなれば、いかに大奥の年寄として権を振るった絵島でもいかんともしがたかった。絵島は駕籠を残し、徒歩《かち》で江戸城を出て、実家である旗本白井《しらい》平右衛門《へいえもん》宅へと退いた。

絵島の一件は、すぐに月光院にも報されたが、すでに目付が出張った後で、手の施しようもなかった。また、その夜、間部越前守が所用で大奥にいなかったのも月光院にとって不幸であった。

七つ口であれだけ騒いだのである。すぐに絵島の門限破りは江戸城に広まり、隠しとおすことはできなくなった。

絵島の身分を考え、ことは目付の手から評定所《ひょうじょうしょ》へと移った。

「なんとかしてやってたもれ」

後日、泣き顔の月光院に頼まれた間部越前守でも手の打ちようがなかった。

絵島が芝居を楽しみ、さらに役者とともに酒まで飲んでいたとすでに調べがついていたのだ。

これが宿下がりの日ならまだどうにかなったが、先代将軍家宣の祥月命日法要への代参を名目に遊興にふけったとあっては、かばいようがなかった。

「やられたわ」

間部越前守は、すぐにこの一件が天英院方の策略と見抜いた。

家継生母月光院に新参である間部越前守がついているように、家宣の正妻であった天英院には、譜代大名たちが与していた。

譜代たちにとって、新参の、しかも陪臣であった間部越前守の風下に立つことは我慢のできないことであった。間部越前守もそのことは重々承知していたが、最大の政敵である紀州徳川吉宗の動向に目を奪われ、足をすくわれる形になってしまった。

臍《ほぞ》を噛んだ間部越前守は、絵島を見捨てた。

「大奥に勤める者は、終生ご奉公と決まっておる」

評定は目付のきびしい言葉から始まった。

辰《たつ》の口《くち》にある評定所に呼びだされた絵島は、その場に間部越前守の姿を見てほっとした顔を見せた。

しかし、間部越前守は口をはさむことなく、じっと審理を見守っているだけであった。

「その大奥をとり締まるべき年寄が、代参の帰途芝居小屋へ立ち寄ったのみならず、身分卑《いや》しき役者風情と不義密通《ふぎみっつう》をいたすとは言語道断である」

「お待ちくださいませ」

あわてて絵島が身を乗りだした。

「たしかに、芝居も見物いたし、役者と宴席をともにはいたしましたが、けっして不義密通などはいたしておりませぬ」

「おそれながら、評定の衆に申しあげる。我が妹は不義密通などするようなふしだら者ではございませぬ」

付き添ってきた絵島の兄、旗本白井平右衛門《しらいへいえもん》も強く抗弁した。

白井家は関東の名族豊島《としま》氏の分かれであった。初代平兵衛《へいべえ》が三代将軍家光の小十人《こじゅうにん》として召しだされたのを始まりとし、五百石を食《は》んでいた。

三代目となる平右衛門は、小普請組《こぶしんぐみ》から大番組《おおばんぐみ》を経て大坂破損《おおさかはそん》奉行を務め、その後体調を崩して役目を辞し、小普請組に戻っていた。

「黙れ。白井平右衛門、そなたの口出しは許されぬ」

目付が白井平右衛門の口を封じた。

「男女が一つ部屋で、酒を飲んだとあらば、不義密通を疑われてもいたしかたあるまいが」

　続いて目付が絵島をにらんだ。

「たしかに、役者生島新五郎と同席はいたしました。なれど、その場には後藤縫殿助どのを始め、女中もおりました。そのようなところでどうやって不義密通などできましょうや」

　必死に絵島は疑いを否定した。

　何度も絵島が救いの手を求めた目で見ていることに気づいていた間部越前守だったが、一度も目をあわせることさえしなかった。

「同席を認めましたぞ」

　勝ち誇った表情で目付が、参席している皆を見た。

「うむ」

　審理の筆頭として座していた老中阿部豊後守正喬《あべぶんごのかみまさたか》が、ゆっくりとうなずいた。

「不義密通は死罪と決まっておりまする。よろしいか、ご一座の衆」

　勝ち誇った声で目付が確認した。

　聞いた絵島が、座っていた姿勢を崩して倒れかかり、あわてて白井平右衛門が支えた。

「お待ちあれ」

罪が決する寸前、間部越前守が一同を制した。

「なにかござるのか」

目付が気色《けしき》ばんだ。

「いかに上様ご傅育の間部越前守どのとて、評定所の裁断に口出しはご遠慮願いたい」

静かな口調で阿部豊後守が言った。

阿部家は、三河《みかわ》以来の譜代である。三代将軍家光に仕えた阿部豊後守忠秋《ただあき》が寵愛を受け、六千石から累進を重ね、八万石にまで出世した。先代正武《まさたけ》は五代将軍徳川綱吉の信頼厚く、二十三年間も老中を務め、十万石に加増された。

当代の豊後守正喬も綱吉の覚えめでたく、元禄十二年（一六九九）には、世子《せいし》の身分のまま奏者番《そうしやばん》、さらに寺社奉行に任じられた。ために綱吉の施政を否定した新井白石、間部越前守に早くから隔意《かくい》をいだいていた。

阿部豊後守の言いぶんは正当であった。家宣から老中とともに政に参加せよと言われてはいたが、間部越前守は正式に任じられた老中ではなかった。厳密に言えば、評定所に座ることもできないのだ。

なれど、そのあとのお覚悟は

「口出しではございませぬ」

なだめるように間部越前守が静かに話した。

「絵島を不義密通で死罪となさるはよろしかろう。なれど、そのあとのお覚悟はおありであろうな」

「覚悟と言われるか」

目付も阿部豊後守もわからないといった顔をした。

「絵島は月光院さま付きの年寄でござる。その絵島が月光院さまの代参でこのようなことを起こした。もし、絵島を重罪にするならば、月光院さまにも累《るい》をおよばすお覚悟をなさっておられましょうな」

「……うっ」

「それは……」

目付も阿部豊後守も間部越前守の言葉に絶句した。連座は幕法の基本である。

「しかし、評定所に呼びだしておいて、なにもなしではとおりませぬぞ」

目付が、必死にあらがった。

「もちろんでござる。絵島のしたことは論外。無罪放免ではしめしがつきませぬ」

「越前守さま……」

今度は絵島が、啞然とした。

「いかがでござろう。死一等を減じてやっては」

「ううむ」

阿部豊後守がうなった。

将軍生母を罪に問うことは、己たちの将来を閉ざすにひとしい。

天英院と月光院、阿部豊後守ら譜代衆と間部越前守、家宣亡きあとの大奥を、幕政を、どちらが牛耳《ぎゅうじ》るかの戦いはすでに始まっていた。そして戦いは間部越前守の勝利で終わりかけていた。

家継をもりたて、その子、その孫と血筋が続くかぎり間部家は幕政の重要な地位にあり続け、十万石はおろか柳沢吉保がなしとげられなかった百万石も夢ではなくなっていた。それを絵島は頓挫《とんざ》させてくれた。

話を聞いたとき、間部越前守は目のなかが真っ赤になるほど頭に血がのぼった。能役者上がり、蛍大名などと陰口をたたかれながらも我慢してきた日々が音を立てて崩れるのを目の当《ま》たりにした気分であった。それこそ己の手で引き裂いてやりたいほど間部越前守は絵島のうかつさを呪った。

しかし、間部越前守はあきらめなかった。当然であった。間部越前守の手のなかには将軍家継がいるのである。わずか六歳の幼児ながら家継は将軍であり、間部越前守はその傅《も》り役なのだ。我が身に罪がおよびさえしなければ、間部越前守の地位は揺らがない。間部越前守は、月光院を盾に使うことにした。

「将軍ご生母をここに呼ばれるおつもりならば、わたくしはもうなにも申しませぬ。ただちにこの座を去らせていただき、上様のお側へと戻らせていただきましょう」

さらに家継の名前を出すことで、間部越前守は阿部豊後守らを牽制《けんせい》した。絵島の一件は、たしかに大きな失点であった。しかし、月光院の息の根を止めるには少し弱かった。

「越前どのが言われるはもっとも」

黙って聞いていたもう一人の老中久世《くぜ》大和守《やまとのかみ》重之《しげゆき》が、口を開いた。

久世大和守は家宣に抜擢された老中であった。間部越前守とも新井白石とも交流があり、譜代名門ながら、阿部豊後守とは一線を画していた。

「大和守どの」

ほっとした顔をしたのは、阿部豊後守であった。

阿部豊後守も引きどころを探していたのだ。

「では、絵島の不義密通はなかったこととといたし、刻限に間に合わなかったことのみで審理を再開いたしましょうぞ」

もう一度気を取りなおして評定が再開された。

戦がなくなって百年を過ぎ、武士も戦いが本分ではなくなった。多くのしきたりや慣習が形だけのものとなっていたが、門限は厳格に不文律として残っていた。

旗本は万一に備え、暮六つまでに屋敷へ戻っていなければならなかった。外泊あるいは夜半の帰宅とわかっているときは、あらかじめその目的と行き先を組頭まで届けておかなければならず、これに違反した場合、家は改易その身は切腹と決まっていた。

大奥役人である女中たちは、将軍に御目見得することになる。よって絵島ら役付女中たちは一代かぎりながら、旗本格として禄が与えられていた。

「女の身ということで、門限破りの罪一等を減じ、遠島を命じる。また、その兄小普請組白井平右衛門を連座とし切腹、家は断絶《だんぜつ》。弟豊島平八郎《へいはちろう》は禄召しあげのうえ大島《おおしま》へ遠島を申しつける」

評定所の評決は、終わった。

「切腹……」

今をときめく月光院の寵愛深い年寄絵島である。いかに門限破りといえども、形だけの罪で終わると考えていた白井平右衛門は呆然とした。

一族連座が幕府の決まりである。白井平右衛門の息子たちも遠島となった。

もちろん絵島を接待した幕府呉服師後藤縫殿助以下も罪に問われた。

後藤縫殿助は闕所《けつしょ》のうえ、大島へ遠島、山村長太夫、生島新五郎も八丈島《はちじょうじま》へ遠島となった。後藤縫殿助は町奉行所の白洲で紀伊国屋文左衛門にはめられたと騒いだが、相手にされることはなかった。

これによって山村座は廃され、また芝居は風紀を乱すとの理由で、残された三座も建物を一度破棄、質素な造りに変更させられた。さらに夜間興行を禁止させられるなど、庶民の娯楽であった芝居は大きな打撃を受けることになった。

当代一の人気役者を巻きこんでの醜聞《しゅうぶん》は、江戸の話題をひっさらった。

「聞いたかい。えっ。大奥の女中と生島新五郎がしっぽり濡れているところに、捕り方が踏みこんだって話だぜ」

「なんでも、生島新五郎と大奥の女中は末を約した仲だったと言うじゃねえか。それを親が無理矢理別れさせてお城へあげたらしい。その二人が偶然出会って、やけぼっくいに火がついた」

　庶民はあちこちでいろいろな話をした。

「馬鹿だねえ」

　紅があきれた。

「なにがだ」

　いつものように登城支度を手伝ってもらいながら、聡四郎が訊いた。

「絵島と生島のことよ」

　あいかわらず紅の口調は伝法《でんぽう》であった。

　江戸城出入りの人入れ屋相模屋伝兵衛は旗本格を与えられていたが、お高くとまっていては職人たちの差配などできるはずもなく、父親に代わって現場を回ることもある紅はかなりなお俠《きゃん》であった。

　聡四郎ももとは旗本の厄介者《やっかいもの》として市井《しせい》に生活の糧を求めた身である。紅の態度や言葉遣いを咎めだてる気はなかった。

「ああ。あれか」

　勘定方でも大きな話題になっただけに、聡四郎も一件のあらましは知っていた。

「いくら大奥が終生ご奉公といったところで、なかにいるのは生身の女。尼寺じゃないんだから、どこかで息抜きをさせないともたないじゃない」

人を使うのが商売である。聡四郎が行くことは許さないが、職人たちが遊廓《ゆうかく》や岡場所にかようことを紅は当たり前のことだと考えていた。

「人はなんのために働いていると思う」

膝を突いて聡四郎の袴の腰板をなおしながら、紅が問うた。

目の下で紅の髷《まげ》が揺れ、ほのかに鬢付《びんつ》けの匂いがただよってきた。紅がぐっと前に首をかしげたときなどは、着物の後ろ襟が開き、白いうなじから背中まで見える。聡四郎は毎朝のことながら、紅から女がただようこの瞬間に、慣れなかった。

「そうよなあ。武士は家を受け継いでいくために働いておるのだと思う」

聡四郎は紅から目を離し、正面を見すえて答えた。

旗本にしても藩士にしても、禄は先祖から受け継いだものであった。先祖が戦あるいは治世で功績を上げ、主君から与えられたのが禄であり、それを代々受け継いで次代に渡していくのが侍の務めであった。

「じゃあ、庶民はなんのため」

重ねて紅が質問した。

「食べていくためか」

「惜しいけど、ちょっと違うわ」

紅が袴の紐を結び終えた。

「生きていくためよ」

「なるほどな」

かつての世間知らずな旗本の部屋住みではない。聡四郎は紅の言いたいことを悟った。

食がもっとも重要な要素であることはたしかだが、人はそれだけで生きているのではなく、衣服、住居も要った。そのなかに日常の疲れを癒《いや》す娯楽があり、芝居はその最たるものであった。

「息抜きしなければ、人はもたない」

「ああ」

聡四郎は首肯した。

「庶民のささやかな楽しみさえ許さないような政をやっていては……」

そこから先は、紅も遠慮した。

「肝に銘じておこう」

聡四郎は屋敷を出た。

三

柳沢吉保の体調はとみに悪くなってきていた。

名のある医者、噂の妙薬《みようやく》と金に糸目をつけず療養を続けたが、回復の兆しは見られなかった。

「いよいよお後《あと》を慕うときが来たか」

江戸茅町《かやちよう》二丁目の甲府藩柳沢家中屋敷奥で床に就きながら柳沢吉保はつぶやいた。

十畳ばかりの部屋は、いくつもの火鉢によってむせかえるように暖められていたが、それでも柳沢吉保の身体は細かく震えていた。

「上様」

五代将軍綱吉によって軽輩から二十万石をこえる大大名へと引きあげてもらった柳沢吉保である。生涯上様と敬愛するのは綱吉ただ一人であった。

「あの世でお目通りできるよう、やるべきをなさねばならぬ」

薬の匂いがこもった病室で、柳沢吉保が決意をあらたにした。

「奪われた城をお血筋にお返し申しあげる。それが儂の最後のお役目よ」

大きく息をつきながら、柳沢吉保が夜具の上に起きあがった。

「誰かある。誰か」

柳沢吉保が手を叩いた。

「これに」

すぐに襖が引き開けられ、家臣が顔を出した。

「紀伊国屋を、紀伊国屋文左衛門をこれへ」

開けられた隙間から入ってくる冷気に身を震わせながら、柳沢吉保が命じた。

すぐに紀伊国屋文左衛門が、駕籠をとばして来た。

「ご大老《たいろう》さま、ご機嫌うるわしく存じまする。紀伊国屋文左衛門、お呼びにより参上つかまつりました」

病室の隅に平伏して、紀伊国屋文左衛門があいさつをした。

すでに大老格どころか藩主の地位を退いた柳沢吉保であったが、紀伊国屋文左衛門を始め、多くの者はその肩書きで呼んでいた。

「ふん。機嫌がいいはずはなかろう。己の死が見えているのだ」

あきらかな追従《ついしょう》に柳沢吉保が皮肉な顔をした。

「なにをおっしゃられまする。今お側の方よりうかがいましたが、ここ近日の冷えこみによる風寒《ふうかん》だそうで。少し暖かくされて滋養のあるものをお召しあがりになれば、すぐに回復されましょう」

手を振って紀伊国屋文左衛門がさらになぐさめを重ねた。

「本気でそう思っておるなら、儂《わし》はそなたを買いかぶっておったことになる。稀代の豪商もただの人であったとな」

「…………」

柳沢吉保の冷たい声に、紀伊国屋文左衛門の表情が変わった。

「死病にとりつかれたお方には、こう申しあげるほかございますまい」

淡々と紀伊国屋文左衛門が告げた。

「ふふ。その顔よ。儂がそなたを買ったのは、その目よ。従順そうな笑顔の奥で感情の揺らぎなく、相手を見抜くような光。思いだすの、そなたが儂に目通りを願ってきた日のことをな」

「また古いことを……」

笑う柳沢吉保に紀伊国屋文左衛門が首を振った。

「何年のことだったかの。この歳になると十年より以前は皆同じになってしまう。そうそう、あれは元禄元年（一六八八）だったな。儂が上様のお手引きで側用人となり、大名に列したところだったか」

「さようでございましたな」

紀伊国屋文左衛門も柳沢吉保の昔話につきあった。

「儂の立身を祝うために多くの客人が来ていた。その末尾にそなたがいた」

「まだわたくしは二十歳になったばかりでございました」

寛文《かんぶん》九年（一六六九）生まれの紀伊国屋文左衛門と万治《まんじ》元年（一六五八）生まれの柳沢吉保とのあいだには、十一年の差があった。

陪臣の身分から主君の将軍就任をもって栄達し始めた大名は、居並ぶ客のなかでひときわ若い商人に興味を持った。

「一面識もない儂の祝いに来た理由を尋ねたら、そなたは、江戸見物に来たついでだと、申したな」

思いだし笑いを柳沢吉保が浮かべた。

最後の来客となった紀伊国屋文左衛門に、柳沢吉保は問いかけ、それに答えたのが、これであった。

「はい。ご大老さまは当時三十一歳になられたばかり。小身《しょうしん》から将軍さまのお側役に抜擢されたお方の顔を一目見たいだけでございましたな」

「武士の顔色をうかがいながら、裏では舌を出している。そのような商人ばかり見てきた儂にとって、そなたは違っていた」

「あのころのわたくしは行き詰まっておりました。父から店を譲られたはよいが、屋台骨は傾き、借金まみれ。自前の船と言えば、すぐにでも沈みそうなぼろ船だけ。店につく船頭や水夫《かこ》もいない廻船《かいせん》問屋。荷主もなく、明日潰《つぶ》れてもおかしくない状態。夜逃げする前に一度だけ天下のお膝元を見ておきたく、店も家族も放りだして、江戸まで参りました」

天下の権力者と日《ひ》の本《もと》一の大金持ち、その二人の出会いであった。

「幕府の金蔵はすでに空。しかし、上様には思いどおりの治世をおこなっていただきたい。そのためには金が要る」

「いきなりでございましたなあ。ご大老さまは、わたくしに金を出せと言われた」

紀伊国屋文左衛門が苦笑した。

「五年、五年待ってくれだったの、返答は」

「はい」

柳沢吉保と目をあわせて、紀伊国屋文左衛門が首肯した。

「そして、そなたは約定《やくじょう》どおり五年後、上方《かみがた》の荷を江戸へ運ぶ廻船問屋で金を貯め、ついに江戸へ出てきた。あのとき、そなたが儂の目の前に積んだ小判千両、血と汗の臭いがしたわ」

「人に言えぬこともいたしましたで」

水一滴かけられたほどの変化も見せず、紀伊国屋文左衛門が言った。

「あの千両、儂にとってすでに大きな金ではなかったが、そなたという味方を得たことを思えば、百万両の価値があった」

「おそれいりまする」

真顔で紀伊国屋文左衛門が礼を述べた。

「あのあと儂は、できるだけそなたに御上の仕事が参るように手配した」

「わたくしは、ご大老さまのお求めに応じて、お金を融通いたしました」

二人は顔を見合わせた。

紀伊国屋文左衛門はより多くの金を稼ぐために柳沢吉保の権力を利用し、柳沢吉保はさらなる高みを目指すために紀伊国屋文左衛門の金をあてにした。

まさに二人はもちつもたれつの関係を続け、紀伊国屋文左衛門は江戸一の豪商に、柳沢吉保は天下の大老にまでのぼり詰めた。

その順風満帆《まんぱん》が、柳沢吉保の後ろ盾であった五代将軍綱吉の死によって崩れた。子のなかった四代将軍家綱《いえつな》の養子となって跡を継いだ綱吉にも、世継ぎがなかった。綱吉から将軍位を譲られた家宣は、先代の寵臣柳沢吉保を除け、己の腹心新井白石を重用《ちようよう》した。

こうして柳沢吉保と紀伊国屋文左衛門は表舞台からおろされた。だが、築きあげたものは大きく、いまだに隠然《いんぜん》たる影響を天下におよぼしていた。

「紀伊国屋、長年のつきあいの総まとめじゃ。儂に力を貸してくれ」

死期を悟った柳沢吉保が、頼んだ。

「吉里《よしさと》さまのことでございまするな」

紀伊国屋文左衛門が察した。

吉里とは、いまの甲府藩主柳沢甲斐守《かいのかみ》のことである。貞享《じようきよう》四年（一六八七）、柳沢吉保と側室染子《そめこ》の間に生まれ、宝永六年（一七〇九）、徳川綱吉の死去に殉《じゆん》じて隠居した吉保の跡を継いだ。

母染子は、徳川綱吉の愛妾《あいしよう》であったが、吉保に下賜《かし》されて半年、月足らずで吉里を産んだ。

生まれた吉里へ綱吉は厚遇を重ねた。

わずか四歳の幼児に目通りを許し、十四歳の元服《げんぷく》においては松平の姓と諱《いみな》の一字を与えるなど綱吉は吉里を寵愛した。

幕府にとって松平の姓は特別な意味を持っていた。松平の名跡《みようせき》は徳川の一門であることの証明なのだ。薩摩《さつま》の島津《しまづ》や加賀《かが》の前田《まえだ》らの外様《とざま》大名も松平の姓を許されてはいたが、皆将軍家の娘を嫁にもらうなどの正当な理由があった。

しかし、吉里にはそれさえなかった。

「お訊きするのを遠慮しておりましたが、まこと吉里さまは……」

うかがうように紀伊国屋文左衛門が問うた。

「不遜《ふそん》ぞ」

あきらかな怒気《どき》を柳沢吉保が見せた。

「ご無礼つかまつりました。で、わたくしはなにをいたせばよろしいので」

急いで詫びた紀伊国屋文左衛門が質問した。

「間部越前守を籠絡《ろうらく》してくれ」

「……間部越前守さまを」

聞いた紀伊国屋文左衛門が驚いた。

六代将軍家宣から七代将軍家継の傅育をとくにと命じられた間部越前守と五代将軍綱吉きっての側近柳沢吉保は水と油のように相容《あいい》れぬ仲であった。

「陥《おとしい》れたばかりでございますが」

絵島を罠《わな》にかけたのは紀伊国屋文左衛門である。もちろん、紀伊国屋文左衛門の考えではなく、柳沢吉保の意を受けたものだ。

「なればこそじゃ。間部越前守の勢いにかげりが出た。これ幸いと譜代の老中若年寄どもが、間部越前守の追い落としにかかるであろう。身分低き出の間部越前守には頼りになる一門も姻戚《いんせき》もない。溺れる者は藁《わら》をもつかむのたとえもある」

「ですが、ご大老。吉里さまを八代将軍になさるには、今の将軍家家継さまがお亡くなりになられませぬと」

柳沢吉保の話には大きな前提条件があった。紀伊国屋文左衛門はその確認をしたのであった。

「家継はもたぬ」

将軍を柳沢吉保は呼びすてにした。

「大奥は人の生きるところではない。なればこそ上様は吉里さまを儂に預けられたのだ」

柳沢吉保ははっきりと告げた。

「どういう意味でございましょう」

紀伊国屋文左衛門は首をかしげた。

大奥には将軍ならびにその家族、そして五百人近い女中たちが生活しているのだ。柳沢吉保の言いたいことが紀伊国屋文左衛門には推察できなかった。

「亡者《もうじゃ》の巣よ、大奥は」

自らの手で薬湯を湯呑みに注いで、柳沢吉保が飲み干した。

「三代将軍家光さまの乳母春日局がよくないのだ。男子禁制を旗印に、表《おもて》役人の介入を遮断した。大奥を表から独立させてしまった」

「それがなにか」

「わからぬか。大奥は世間と違った理《ことわり》で動くことになった。まだ正室が世継ぎを産んだ場合はいい。将軍正室とお世継ぎ生母が同じだからな」

「権力はそこに集約すると」

「そうじゃ。だが違った場合はどうなる。大奥の実権を二つが争うことになる。いや、二つではすまぬやもしれぬ。敵対する勢力があるとなれば……」

「なるほど」

紀伊国屋文左衛門は理解した。

「力を持つ者が絶対となれば、まずは相手の権力、その基盤を潰そうといたしますな。俗に申せば、足を引っ張る」

「うむ。お世継ぎのお命を狙うことさえいとわぬのだ」

柳沢吉保がうなずいた。

「それだけではない。大奥は終生ご奉公じゃ。一度上がったかぎり、よほどのことがないと実家に帰ることは許されぬ。朽《く》ち果てるまで大奥に住むことになる。となれば、なかで出世いたし、よい生活をしてみたいと思うのは当然であろう」

「さようでございますな」

紀伊国屋文左衛門も同意した。

「ここで表から切り離された大奥独自の事情が顔を出すのじゃ。紀伊国屋、女の手柄とはなんぞ」

「それは丈夫な男子をなすことでございましょう」

商家と武家では事情が違うが、紀伊国屋文左衛門はそう答えた。

家を代々受け継いでいかねばならぬ武家にとって男子は必須であった。一方、店主の才覚一つで隆盛を極めるか、衰運するかが決まる商家にとって、男子はさほど意味を持たなかった。生まれた子供に商才がなければ積み重ねたものが崩壊しかねないのだ。商家にとっては、凡庸《ぼんよう》な息子より、優秀な男を婿に迎えられる娘のほうが重要であった。

「そうじゃ。嫁《か》して三年子なきは去る。武家では子女に用はないとまで言われておるのだ。男子をなせば手柄である。ならば、将軍の世継ぎを産めば大手柄ではないか。大奥に上がった女すべては、将軍の手がつくことを願っておる」

「………」

黙って紀伊国屋は柳沢吉保の話すに任せた。

「手がついただけでも格が上がる。専用の局とお付きの女中をあてがわれ、扶持《ふち》米《まい》も増え、実家にも目をかけてもらえる」

「はい」

「そのうえ、上様のお子を産んだとなればどうなる。側室からお腹《はら》さまと称号が変わり、あつかいも正室に準じるものとなる。そしてその子が次の将軍になれば、将軍生母として大奥に残ることができる」

側室はすべて将軍の死をもって剃髪《ていはつ》し、大奥を出され桜田《さくらだ》の御用屋敷などで仏事三昧《ざんまい》の余生を送ることが決まりであった。与えられていた禄もお付きの女中も減らされ、ただ一日念仏を唱え、訪れる者もない寂しい毎日を死ぬまで続けさせられるのだ。

しかし、子供が生まれていれば別であった。その子が成人し、娘なら嫁に、男子なら別家あるいは養子に行くまで大奥に残ることが許され、その後は子供たちの行き先へ引き取られていく。

もし、産んだ子供が将軍となれば、大奥に残ることは当然であるが、将軍生母として、大奥すべての女中たちを従わせることができるだけではなく、実家の立身出世も思いのままであった。それこそ数百石の旗本から万石の大名になることも夢ではなかった。

「ずいぶんな差であろう」

「まさに、まさに」

紀伊国屋文左衛門も納得した。

「己が嫡男を産んでいても、いつ弟に将軍の座が行かぬともかぎらぬ。ましてや弟ならば、兄がいなくなってくれねば嫡男になることは難しい」

「はい」

血の繋がった兄弟たちで命を狙いあう相剋《そうこく》の姿を思い浮かべて、紀伊国屋文左衛門が眉をほんの少しひそめた。

「それだけなら、まだわかりやすい。大奥で本当におそろしいのは、子がない女よ」

「はて、子がなければ、かかわりようがないのではございませぬか」

不思議なことを、と紀伊国屋文左衛門が首をかしげた。

「ふん。女はお褥《しとね》ご辞退となるまで子が産めるのだ」

柳沢吉保が、吐きすてた。

お褥ご辞退とは、大奥の習慣であった。高齢出産を避けるためと言われているが、将軍の寵愛を受けていても数えで三十歳をこえた女は寝所に侍《はべ》ることを辞退しなければならない決まりであった。

いかに将軍の求めであっても、正室以外は三十歳をこえての同衾《どうきん》は許されなかった。

「つまり、己に子ができるかどうかもわからない状態でありながら、先に生まれている将軍さまのお子のお命を縮め参らせようと……」

大奥の醜さに、さすがの紀伊国屋文左衛門も吐き気を覚えた。

「うむ。上様は、その恐ろしさを重々ご存じであった」

しっかりと柳沢吉保が告げた。

跡継ぎがいない綱吉にも、一男一女がいた。長女鶴姫《つるひめ》と長男徳松《とくまつ》であった。

二人とも綱吉が将軍になる前、館林《たてばやし》藩主だったときに誕生し、のちに大奥へと移った。

長女鶴姫は無事成人し、紀州家当主徳川権中将左近衛綱教《つなのり》に嫁した。

だが、長男徳松は、二歳で大奥へ入り、わずか五歳で生涯を閉じた。

「上様ほどお世継ぎの重要さをおわかりの方はおられなかった。四代将軍家綱公のことをご経験となされていたからだ」

四代将軍家綱に子供がなかったことで、徳川将軍直系筋はここに絶え、家綱に従っていた者も皆、幕閣《ばっかく》から放逐された。家綱はなにも残すことなく消えたのだ。

それを見てきた綱吉は、なんとしてでも己の血筋を残したいと考えたのだ。

「徳松さまをお亡くしになってからも、上様は日夜お子さま作りに心を砕かれた。表に出ておらぬが、何人かの側室に懐妊の兆候はあったのだ。しかし、すべて水にされてしまった」

「されてしまった、のでございますか。むごいことで」

紀伊国屋文左衛門が嘆息した。

「胎児を堕ろすにはいくつもの方法があった。それ専門の薬も売られていた。さすがの上様も心身ともにお疲れあそばした。そこで上様は大奥で子をなすことをあきらめ、鶴姫さまの子を世継ぎにとお思いになり、紀州徳川綱教を江戸城西の丸に入れると仰せになられた」

延宝《えんぽう》五年（一六七七）生まれの鶴姫は、貞享二年（一六八五）、わずか九歳で紀州徳川綱教に嫁いでいた。綱吉が鶴姫の子を次の将軍にと口にした鶴姫は二十七歳になっていた。まだ子供はできていなかったが、夫婦仲も悪くなかった。

綱吉が綱教を江戸城西の丸にと言いだしたのは、紀州藩主に課せられている義務、参勤交代を免除し、ずっと鶴姫とともに過ごさせ、懐妊の機会を増やすためであった。

「だが、その半年ほどのち宝永元年（一七〇四）、鶴姫さまは紀州家江戸上屋敷においてお亡くなりになってしまった」

音を立てて柳沢吉保が歯噛みをした。

「毒を盛られたのでございますな」

誕生日の祝いと夫綱教から差し入れられた饅頭《まんじゅう》を口にした鶴姫は、その場で嘔吐《おうと》して昏倒《こんとう》した。もちろん、誰の仕業かは不明である。

　綱吉の命を受けた柳沢吉保は江戸中の名医を差し向けたが、鶴姫は意識を取り戻すことなく四日後の四月十二日、二十八歳の若さでこの世を去った。

「最後のお血筋を亡くされた上様は、お気力さえも失われ、ついにその年の暮れ、甲府藩主綱豊を養子とされた。表向きはな」

　柳沢吉保が頬をゆがめた。

「上様は、他の者どもが思うより、はるかにお賢いのだ。徳松さまのご逝去、そしてお腹に宿ったお子たちの末期《まつご》をご覧になられた上様は、大奥の恐ろしさに気づかれた。もちろん大奥を変えようとなされたが、入れる男子は上様のみ。医者と坊主がいても上様のお役に立つことはない。春日局が作りあげた大奥のしきたりと闇にはばまれた上様は、ご寵愛の側室お染の方さまがご懐妊らしいと聞かされたとき、ついに決意されたのだ。お染《そめ》の方《かた》さまとお腹のお子のお命を護るには、大奥を出すしかないとな。鶴姫さまのことは、老いた上様最後の望みであったのよ。大奥を出られた鶴姫さまはご壮健《そうけん》。さらにお迎えする西の丸大奥は主なき空き屋形状態。鶴姫さまには紀州家から信頼の置ける女中が供してくる。ならば安全だろうと、手放された吉里さまの代わりに鶴姫さまをもう一度手もとに置かれたいと願われた結果であった。それが仇《あだ》となった。上様はまことにご無念であられたであろう」

言い終えた柳沢吉保の目から涙がこぼれた。

「なるほど。さようでございましたか」

すべての事情を紀伊国屋文左衛門は承知した。

「綱吉さまは、唯一のお血筋を残されるために、将軍の座をひとたび手放してもよいとお考えになられ、忠臣中の忠臣ご大老さまに、お血筋さまをお預けあそばしたのでございますな」

「そうじゃ。将軍の地位はたしかに重い。だが、生きていれば取り戻すことはできる。殺されてしまったのでは、永遠にその座は上様の御子孫へと返ることはない」

紀伊国屋文左衛門の言葉に柳沢吉保が首を縦に振った。

「承知いたしました。お血筋が正統ならば、お戻し申しあげるのが人の道。ご命令のとおり、間部越前守さまを薬籠《やくろう》中のものにしてご覧に入れましょう」

「頼むぞ。ときがない。吉里さまのご素性も儂がいればこそ、真実となる。儂が死んだあとでは、誰も吉里さまを江戸城にお迎えしようとはいたすまい。今でこそ意のままになっておる輩も、儂が消えれば手のひらを返すであろうからの。いろいろな失態をかばってやった恩も、儂が生きていてこそ使えるのだ」

いまだ幕府に隠然たる影響を持つ柳沢吉保は、そのあたりの状況も把握していた。

「はい。では、ただちに」

紀伊国屋文左衛門がすっと立ちあがった。

「吉里さまには、申しあげてある。将軍となられたあかつきには、大船を造ることを許し、キリシタンでない国への渡航はお認めになられるようにとな」

「ありがたきことでございまする」

深く頭をさげて、紀伊国屋文左衛門は柳沢家中屋敷を出た。

四

「やれ、老いては騏驎《きりん》も駑馬《どば》に劣るというが、ご大老さまもものが見えられなくなってこられたの」

せかせかと歩きながら紀伊国屋文左衛門は、首を振った。

「世のなかは生き馬の目を抜くもの。一度手放したものは二度と戻ってくることはない。お武家さまほどそうでしょうに。豊臣《とよとみ》、織田《おだ》ともに今や見る影もございますまい。なにより天子《てんし》さまをご覧になればいい。この国でもっとも尊きお方なれど、その日の暮らしにも困られているではないか。これも武家に政を渡したがため。柳沢さまとてご存じのはず」

紀伊国屋文左衛門が、嘆息した。

「かと申して、いまさら敵に回ることもできぬでな。柳沢さまが後ろについてくださっているからこそ、町方もわたしに手だしできずにいるのだ。籠絡の振りだけでもしておくか」

独りごちながら歩く紀伊国屋文左衛門の背中に声がかけられた。

「率爾《そつじ》ながら、紀伊国屋どのとお見受けした」

足を止めて振り返った紀伊国屋文左衛門は、首をかしげた。

「たしかに紀伊国屋文左衛門でございまするが、失礼ながらお武家さまは」

紀伊国屋文左衛門を呼び止めたのは、まったく見たこともない壮年の武士であった。

「これはご無礼をつかまつった」

武士が紀伊国屋文左衛門に近づいた。

「拙者、紀州徳川家家人、川村仁右衛門と申す」

話しかけたのは、徳川吉宗の懐刀《ふところがたな》、玉込め役組頭川村仁右衛門であった。

「はあ、その紀州の川村さまが、わたくしに御用でございますか。お金の話でございましたら、わたくしすでに店を退いた身でございますれば、あらためまして八丁堀《はっちょうぼり》のほうへお出向きのほどをお願いいたしまする」

どこの藩も内情は火の車であった。紀伊国屋文左衛門が金を貸していない藩は皆無に近かった。

「金もお借りしたいが、まずは紀伊国屋どのが顔をお貸し願いたい」

「わたくしの顔を」

紀伊国屋文左衛門が警戒を見せた。

「ご懸念あるな。主がお目にかかりたいとのこと。ご足労《そくろう》を願いたい」

川村仁右衛門が用件を話した。

「主さまと言われますと……まさか……」

さすがの紀伊国屋文左衛門も驚いた。

「紀州徳川権中納言吉宗公でござる。すぐそこでお待ちゆえ、ぜひに」

紀伊国屋文左衛門の応諾《おうだく》を得ずに、川村仁右衛門が背中を向けた。

「……紀州さまが出てこられましたか。ふふ。おもしろくなりそうでございますな」

衝撃から立ちなおった紀伊国屋文左衛門は、楽しそうについていった。

紀伊国屋文左衛門が案内されたのは、浅草にほど近い寺であった。

「お屋敷ではございませんので」

川村仁右衛門の後に続いて本堂への廊下をわたりながら、紀伊国屋文左衛門が問うた。

「できるだけ人目を避けたいとのお考えで」

ていねいな口調のまま川村仁右衛門が答えた。

「ここじゃ。お控えを」

「はい」

言われて紀伊国屋文左衛門は、廊下に膝を突いた。

「殿。紀伊国屋文左衛門を連れましてございまする」

襖の外から川村仁右衛門が報告した。

「開けよ」

なかから短い応答が返ってきた。

音もなく引き開けられた襖の奥に吉宗が座っていた。

「紀伊国屋どの。なかへ」

川村仁右衛門に勧められて、紀伊国屋文左衛門は本堂へと入った。

「紀伊国屋文左衛門でございまする」

床に額をこすりつけて紀伊国屋文左衛門があいさつをした。

「寒いのもよいものよな」

あいさつに応えず、吉宗は開け放っていた障子から薄く雪化粧した庭を見た。

「わたくしは紀州の生まれでございまして、寒いのは苦手でございまする」

背筋をすっと伸ばして紀伊国屋文左衛門が言った。

「余も生まれは紀州じゃ。たしかに江戸は寒い。だが、その寒さのなかにも見るべきはあると思わぬか」

「この歳になりますれば、やせ我慢はしとうございませぬ。風流よりも暖かい火鉢が恋しゅうございまする」

紀伊国屋文左衛門は首を振った。

「気に入ったぞ、紀伊国屋。余が紀州徳川権中納言吉宗である。以後、見知りおけ」

「畏れいりまする」

名のりを受けて、紀伊国屋文左衛門はふたたび平伏した。

「仁右衛門」

「はっ」

「人を近づけるな」

「承知つかまつりました」

吉宗に命じられて川村仁右衛門の姿が消えた。

「さて、紀伊国屋」

「はい」

腰を曲げたまま、紀伊国屋文左衛門が顔だけをあげた。

「美濃守の寿命、いつまでと見た」

いきなり吉宗が問うた。

「わたくしは医者でも八卦見《はっけみ》でもございませぬ。人の命をはかることなどできようはずもございません」

訊かれた紀伊国屋文左衛門が、首を振った。

「それぐらい読めずして、日の本一の豪商にはなれまい。明日死ぬかも知れぬやつに金を貸すか」

紀伊国屋文左衛門の否定を、吉宗は鼻先で笑った。

「お聞きになられてどうなさろうと」

ぎゃくに紀伊国屋文左衛門が訊いた。

「最後の手を打ってくるであろう、美濃守が。己の死期を悟れば、動くしかあるまい。六代将軍家宣公が亡くなられてもじっと雌伏《しふく》し、好機到来を待っていた美濃守といえども、終末が見えればあがこう。違うかの」

小さく笑いを浮かべたまま、吉宗が告げた。

「…………」

意図をはかりかねて紀伊国屋文左衛門は沈黙した。

「のう、紀伊国屋。そなたはどう思うかの。将軍に欠かせぬのは血筋か、それとも能か」

話を吉宗が変えた。

「お血筋は正統をあらわしまする。これなくして政は成りたちますまい」

「ふむ」

「また政をなされるお方に能なくば、庶民の生活は地獄となりましょう。食べていけぬとなれば、いかに庶民といえども反抗しまする。能なき施政者は天下の乱れを呼びまする」

紀伊国屋文左衛門は、よどみなく答えた。

「では訊く。正統とはなにぞ」

語気を強めて吉宗が質問した。

「偽《いつわ》りでないことでございましょう。血筋の正統など、その血を受け継いだ人の数だけございましょう。長男だから、直系だからは、一つの目安に過ぎますまい。それを言いたてれば、徳川さまのお家が成りたちませせぬ」

負けじと紀伊国屋文左衛門が語った。

徳川家康によってたてられた幕府は、二代目で血筋にずれを起こしていた。長男を戦国の世を生き抜いてきた家の多くは、少なくない身内を亡くしていた。長男を失った家も多い。

天下を統一した徳川家も例外ではなかった。いや、もっとたちが悪かった。

徳川家康は、跡を継がせるべき長男を、自らの命で切腹させていた。

しかたのない状況ではあった。まだ徳川家は三河と駿河《するが》の一部しか領していない小大名で、敵との内応《ないおう》を疑われた長男信康《のぶやす》をかばいきれなかった。すでに天下人となりつつあった織田信長《のぶなが》に疑われては、徳川が滅びていた。

百歩譲ってそれをよしとしても、まだ徳川の正統はゆがんでいた。家康はなにを思ったのか次男秀康《ひでやす》を嫌い、さっさと他家に養子に出してしまった。

次男秀康は戦国の世を生き抜いたにもかかわらず、徳川の姓を名のるどころか、松平の称号も許されなかった。

「手きびしいの。だがそのとおりよ。正統など、血を引いておればよいというていどにしておかねばならぬ。それをすべてに優先させると能なき者が政の座に就くことになる」

あっさりと吉宗も認めた。

「だがの、紀伊国屋」

吉宗が、いっそうきびしい顔になった。

「血筋といえども、疑義が入る者は正統ではないのだ」

「はあ」

とぼけた返事をしながら、紀伊国屋文左衛門は吉宗が誰のことを示唆《しさ》しているのか理解していた。

吉宗は柳沢吉里を徳川の血筋と認めるわけにはいかないと述べていた。

「大奥はまともではない。男一人に女数百。どう考えてもいびつじゃ。こんなところで、精神《こころ》をまともに保つことはできまいな」

「…………」

「百害の固まり、大奥が潰されずに続いてきたのはな、正統を保証してくれるからよ。よいか。大奥に出入りできる男はただ将軍のみ。もちろん、医者や坊主もおるし、いまは間部越前守もうろついておるが、これは格段の事情があればこそじゃ。もし今、月光院が孕《はら》んだとして、誰も家宣どのが子とは思うまい」

「たしかに」

危ないことをはっきり言う吉宗に、紀伊国屋文左衛門は苦笑した。

「家継どのが幼いから許されておるだけじゃ。家継どのが十歳をこえれば、間部越前守も大奥への出入りはすまいな」

「李下《りか》に冠《かんむり》を正さず、でございますか」

「そうよ。つまり、大奥に他の男が出入りしていなければ、そこに生まれた子供はすべて将軍の子供なのだ」

「なるほど。それで大奥は正統の保証だと」

紀伊国屋文左衛門は吉宗の言葉に感心した。

「ぎゃくは成りたたぬ。大奥以外で出生した子供は将軍の血とはかぎらぬのだ。大奥から下賜された側室が月足らずで子を産んだからと申して、将軍の子種と認めるわけにはいかぬ。世に十月十日を経ずしてこの世に誕生する子供は数えきれぬほどいるからな」

「仰せのとおりで」

的確な吉宗の指摘に、紀伊国屋文左衛門は首肯するしかなかった。

「きさまの望みを申せ」

不意に吉宗が言った。

「望みと仰せられますと」

わざと紀伊国屋文左衛門が問い返した。

「すでに落日となった美濃守に与するだけのものを約束されておるのだろう。金か、それとも武家の身分か。金をくれてやることはできぬ。紀州は貧しいでな。その代わり、余が将軍とならば、御上の普請すべてを任せてやろう。武家がよければ、どうじゃ一千石で余に仕えよ。もちろん、のちは大名に引きあげてくれよう」

吉宗が条件を出した。

「それは……」

紀伊国屋文左衛門が息をのんだ。

「どうじゃ」

迫られた紀伊国屋文左衛門は、背中に冷たい眼を感じた。平伏する振りをして背後をうかがった紀伊国屋文左衛門は、そこに川村の姿を見た。

「なにを権中納言さまが仰せなのか、わかりかねまするが、わたくしには過ぎた厚遇でございまする。なれどすでに老境の身。跡を継がせる子もございませぬ。一度、家に立ち戻りまして、ゆっくりと考えとうございまする。しばしのご猶予《ゆうよ》を」

額を本堂の床に突けて、紀伊国屋文左衛門が答えた。

「……ときを寄こせとか。ふむ。よかろう。考えて返答いたせ」

「承知いたしましてございまする」

紀伊国屋文左衛門は、吉宗の前からさがった。

「殿……」

見送って戻った川村が、吉宗をうかがった。

「ふん。余につく気はなさそうだが、まだ手出しをするな。美濃守に残った最後の手兵ぞ。あやつを見張っておれば、美濃守の手が読める。それに、紀伊国屋は水城とみょうに絡む。美濃守最後の一手に、水城がどうするかを見るのもおもしろい」

楽しそうに吉宗が告げた。

「……水城」

頭をさげた川村のつぶやきは吉宗に届かなかった。

寺を出た紀伊国屋文左衛門は、背後を気にすることなく帰途を急いだ。

「さて、どうするかねえ。間部さまにも近づく振りをしたほうがおもしろいことになりそうだが、会ってくれるかねえ」

間部越前守は紀伊国屋文左衛門が敵であることを知っている。

「周りから埋めていくしかないか」

手法を決めた紀伊国屋文左衛門が、後ろを振り返った。

「意外と小物《こもの》だったねえ、紀州の殿さまは。評判じゃもう少し賢いという話だったが、会ってみるまでわからないのが人という証だね。ちったあものの見えるお方かなと思ったが、武士の価値から離れることができてやしない。紀伊国屋を口説くに一千石……まったく人の器をはかれない。紀州の付け家老安藤《あんどう》さまや水野《みずの》さまより、わたしのほうがはるかに使える。それがたかが一千石かい。せめて五万石と言ってくれればねえ、考えたけれど。あのていどのお人が将軍ではね。御上もお先真っ暗だ」

小さく笑いながら紀伊国屋文左衛門は、顔を戻した。

「武士の世は終わりましたよ、水城さま。上に立つ将軍があのざまじゃ、幕府も永くはございません。さて、あなたはどうされますか」

真剣な表情で、紀伊国屋文左衛門が独《ひと》りごちた。

第三章　失地渇望

一

登城した聡四郎を新井白石が待ち受けていた。

家宣から師と呼ばれ、若年寄格として幕政を預けられていた新井白石だったが、将軍代替わりによってその座から追われていた。

間部越前守が、家継の傅《も》り役として幕政の中心に君臨しているのに対し、新井白石は髀肉《ひにく》の嘆《たん》を託《かこ》っていた。

「水城」

勘定吟味役の詰め所である内座《ないざ》まで入ってきた新井白石が聡四郎を呼んだ。

「またか。ここは勘定方の詰め所。かかわりのない者の出入りは好ましくないのだがの」

聞こえよがしに同僚が皮肉を言った。

聡四郎が新井白石の引きであることは周知の事実であるが、あまりに露骨な新井白石の態度は、顰蹙《ひんしゅく》を買っていた。

雑音を気にすることなく、新井白石は聡四郎の座まで近づいてきた。

「新井どの」

気まずい顔で聡四郎は新井白石を迎えた。

五代将軍綱吉の悪政、その象徴であった元禄の改鋳を実施した勘定奉行荻原近江守を排除するために新井白石が送りこんだ刺客が聡四郎であった。

代々の家柄だけでまとまってきた勘定方にとって、勘定筋の出ながら新井白石に従った聡四郎は裏切り者であった。荻原近江守が去って一年半経つが、いまだに聡四郎は、勘定方で浮いていた。

「どう考えるか」

新井白石は、聡四郎の困惑など気にもせず、いきなり用件に入った。

「なんのことで」

新井白石は己が理解していることを誰もがわかっているものとして口にする癖

があった。

「絵島のことに決まっておろう」

不満そうに新井白石が言った。

「下部屋に参りませぬか」

聡四郎は新井白石を誘った。

「ここではまずいか」

ようやく新井白石が、周囲の目に気づいた。

「ついてこい」

さっさと新井白石が内座を出ていった。

「お供を」

聡四郎に続いて、下役太田彦左衛門《おおたひこざえもん》が従った。

しかし他の配下は聡四郎に従うことをよしとしていなかった。

勘定吟味役には、勘定吟味改役《あらためやく》と勘定吟味下役の二役が配下としてつけられていた。太田彦左衛門は勘定吟味改役として聡四郎を支えるただ一人の部下であった。

太田彦左衛門は長く勘定衆勝手《かって》方《かた》として務めた老練な役人であった。荻原近江守の不正に気づいた娘婿を殺された恨みから、聡四郎についた。

「頼む」

世慣れた太田彦左衛門の助言を聡四郎は頼りにしていた。

内座から新井白石の下部屋までは廊下を少し歩くだけ、目と鼻の先であった。

下部屋とは幕府役人たちに与えられる控え室のようなものだ。ここで役人たちは着替えや食事をしたり、表だって面会できない相手と密談した。

下部屋は老中のみ一人で一室が使えた。若年寄以下は数人から職全員で一室を共有したが、新井白石は家宣からとくに個室を与えられていた。

「参れ」

襖を開けて新井白石が先に入った。

「絵島どのがことを調べよと」

座るなり聡四郎は問うた。

「うむ。どう見る」

新井白石の質問はいつも唐突であり、簡潔すぎた。

聡四郎は短いながらのつきあいで、そのことを十分に知り、その奥にある意図を読みとるようにしていた。

「裏があるとお考えか」

「当たり前だ。あれを偶然と見るようでは、政に携わることなどできぬわ」

新井白石が吐きすてるように言った。

「絵島は、月光院が手の者として大奥をとりしきっていた年寄じゃ。いわば大奥の総取り締まり。その絵島が排された。それも罰を受ける形でな。となれば、次の大奥取り締まりはどうなる」

「月光院さまの手から離れましょう」

答えたのは太田彦左衛門であった。

「うむ。そうだ。これで大奥は月光院から天英院にその実権は移った。上様幼き今、大奥は表に大きな影響を持つ。どういうことかわかるな」

新井白石が聡四郎を見た。

「上様を盾に表を支配すると仰せられるか」

「ふん。やはりそのていどか。燕雀《えんじやく》いずくんぞ鴻鵠《こうこく》の志《こころざし》を知らんや、だの」

聡四郎の回答を聞いた新井白石が嘲笑《ちようしよう》した。

「勘定吟味役とは金の動きだけを見ていればすむというものではない。金は世の中心となっておるのだ。つまり勘定吟味役とは幕政すべてに気を配っておらねばならぬ。そなたでは力不足であったな」

「いつ辞めてもよろしいが」

言いたい放題にののしられた聡四郎は開き直った。

「お役目を引き受けるに、命を賭けるだけの覚悟をしたのではなかったのか」

新井白石が、険しい声を出した。

「覚悟はできておりまする。お役目とあらば地に伏すこともいといはしませぬ。また、わたくしに役目上の落ち度がありますれば、腹を切るとも後悔はござらぬ」

役目への素質不足を言われたなら、聡四郎も不満を口にする気はなかったが、肚の据《す》わりを疑われたとあっては、武士として聞き逃すことはできなかった。

「申しあげるもご無礼ながら、覚悟とならば、新井どのこそ、ご不足でござろう。家宣さま亡き後、なにかなされましたか。一人下部屋にこもって間部越前守どのからお呼びがかかるのをただ待ち続けておられるだけ。不満を言われる口はお持ちでも、命を賭けた建言《けんげん》などなされたか」

「き、きさまごときに、なにがわかるというのだ。幕府ではそれ相応の役目に就いておらねば、なにを申しても無駄なのだ。儂が曲げがたき膝を八重に折って、越前守の意を買おうとしておるのは、そのためじゃ。家宣さまの望まれた儒学に基づいた政を世に布くためには、雌伏《しふく》するときなのだ」

「間にあわぬことにならねばよろしい……」

「水城さま」

あまりのことに太田彦左衛門が、あわてて聡四郎の袖をつかんだ。

「お言葉が過ぎまする」

「……ご無礼をつかまつった」

太田彦左衛門に制されて聡四郎も落ち着いた。

「よくぞ、よくぞ、言いたいことを申してくれたの」

小刻みに震えながら、新井白石が真っ赤な顔で言った。

「ならば、口にしただけのものを見せてもらおう」

新井白石が聡四郎をにらみつけた。

「絵島の一件、この裏をみごと探りだしてみせよ」

「承知つかまつった」

こうなっては聡四郎も後に引けなかった。

「果たせなかったときは、水城家が潰れると思え」

低い声で新井白石が呪うように告げた。

下部屋を出た聡四郎と太田彦左衛門は、人目につかないよう内座から離れた廊下の片隅へ行った。

「かたじけない」

最初に聡四郎は太田彦左衛門に頭をさげた。

「水城さま。売り言葉に買い言葉というのがございまするが、それは庶民に許されること。旗本、それも責任ある役に就いている者がやってよいことではございませぬ。いかにお若いとはいえ、軽率すぎますぞ」

身分差はあるが、ともに戦ってきた仲である。太田彦左衛門は息子のような歳の聡四郎を諭した。

「恥じ入りまする」

反論する言葉を聡四郎は持たなかった。

「勘定吟味役の座を狙っておる者は小普請組《こぶしんぐみ》のみならず、勘定方にもたくさんおりますぞ。お役目以外のことで足を引っ張られるのはお避けくださいませ」

「はい」

すなおに聡四郎は首肯した。

「まあ、すんだことでございまする。要は絵島どのが一件でございまする」

太田彦左衛門が話を戻した。

「なにか聞いておられまするか」

聡四郎は問うた。

太田彦左衛門は勘定衆として二十年以上勤務してきた。金をあつかう役目とは、ありとあらゆる人との繋がりを持つことであった。

縁も引きもない聡四郎と違って太田彦左衛門は、江戸城のあらゆるところに知己《ちき》がいた。過去にもいろいろな話を聞きこんできては、聡四郎の大きな助けとなっていた。

「評定所書役《かきやく》の知人から聞いた話でございまするが……間部越前守さまは絵島さまをかばわれなかったよし」

「のようでございますな」

絵島の裁きを見れば、間部越前守が絵島を切りすてたことは誰にでもわかった。

「それと、御老中阿部豊後守さまは、月光院さまへの止めを刺されなんだとも」

「将軍ご生母相手では分《ぶ》が悪い。なまじなことをしては、後々にひびきましょう」

　聡四郎は、そう考えた。

「ではございまするが、せっかくの好機でございますぞ。大奥は表にかかわらぬとなっておりますが、現実は違いましょう。老中方の任免はもとより、施政にさえ口出しをされまする。とくに上様がお小さい今、大奥の影響は無視できませぬ。やりようによっては月光院さまを抑えることもできましたでしょうに」

「やりようとは」

　太田彦左衛門に聡四郎は訊いた。

「月光院さまは、咎められずとも、お付きの者どもならば可能でございまする。主だった者を大奥から追放するだけで、月光院さまは身動きできますまい」

「なるほどな」

　聞いた聡四郎は納得した。

　月光院付きの女中で最高位の絵島がことを起こしたのだ。その責を配下に拡げることは簡単であった。

「阿部豊後守さまは、それをなされなかった。また、間部越前守さまもそれへの手だてはなされていなかった」

「そこに何か隠されていそうでございまするな」

太田彦左衛門の示唆を聡四郎は心に留めた。

勘定吟味役は幕政すべての監察ができた。そこに金の動きがあれば入っていけた。

また、その職責上詰め所である内座に常時おらずともよく、直属の上司である老中に報せずとも探索をおこなえた。

聡四郎は新井白石に絵島の一件の裏を探るように言われた翌日、内座へ出ることなく江戸の町を歩いていた。

「旦那、よろしいんでやすか」

職人の見栄、綿入れで着ぶくれるのを嫌った袖吉が、袷《あわせ》の襟元をかきあわせながら訊いた。

「お嬢さん、かんかんでやすぜ」

袖吉が危惧《きぐ》した。

聡四郎は今朝、紅が来る前に屋敷を出て、入れ替わるように相模屋伝兵衛を訪れた。そこで世慣れた職人頭の袖吉を借りだして、山村座のあった木挽町へと向かったのだ。

「お役目だ」

「そりゃあ、そうでしょうがねえ。あっしは知りやせんぜ」

寒さ以外のことで袖吉が震えた。

「このあたりのはずだが」

元大坂町の相模屋から木挽町は近い。聡四郎と袖吉は、半刻（約一時間）かからず目的地に着いた。

「なにもないな」

周囲を見回して聡四郎は首をかしげた。

「当たり前でやさ。山村座は闕所と決まったんで。すぐに闕所物奉行の連中がやってきて、あっという間に全部潰してしまいやした」

町のことに袖吉は詳しかった。闕所《けっしょ》とは、持っている財産をすべて取りあげることで、死罪や遠島などの刑罰に付加された。

「そうか」

あらためて聡四郎はあたりに目をやった。

三十間堀《さんじっけんぼり》にへだてられているとはいえ、鍛冶《かじ》橋御門まで五丁《ちょう》（約五四五メートル）ほどしか離れておらず、川沿いを一筋入れば大名の下屋敷が建ちならぶ木挽町は、浅草や両国《りょうごく》と比べものにならないほど落ちついていた。

「山村座の者に話を訊きたかったが、無理だな」

「闕所でやすからねえ。一応訊いてはみやすが、難しいでござんしょう」

すっと袖吉が、河岸沿いの店へと入っていった。

「ちょいとものを尋ねるぜえ」

「はい、なんでございましょう」

応対に出てきた店の番頭に袖吉は山村座のことを問うた。

「あいにく、わたくしどもではわかりかねますが」

番頭はていねいな口調ながら、迷惑そうに首を振った。

罪を受けて闕所となった者たちとは、誰もかかわりあいになりたがらないのは当然であった。

「ありがとよ」

袖吉は礼を言って、店から出てきた。

「しかたないな」

聡四郎はため息をついた。もともと剣術遣いで、細かいことの苦手な聡四郎である。探索には向いていない。初手からつまずいた聡四郎は、途方にくれた。

「森田座に行ってみやしょう」

袖吉が助言した。

江戸の芝居小屋は四座あった。中村座、市村座、森田座、そして山村座であった。このうち中村座は日本橋堺町《にほんばしさかいちょう》、市村座が葺屋町《ふきやちょう》、森田座と山村座は木挽町で興行していた。

「こっちでさ」

袖吉に案内されて森田座の前に来た聡四郎は、肩を落とした。

「ここもだめではないか」

森田座の小屋は町奉行所によって封印されていた。

絵島の醜態《しゅうたい》を重く見た幕府は、山村座を廃止するだけではなく、江戸三座の興行も中止させていた。

「小屋の造りを変えるまでのことで、人の出入りは禁止されていやせんよ。もちろん芝居はできませんがね」

六尺棒を持って立っている町奉行所の下役に袖吉が近づいた。

「ごくろうさまで」

「止まるな、さっさと行けえ」

物見高く集まってくる野次馬を追いはらうのが下役の仕事である。いつものように追いやろうとした下役が、気づいた。

「相模屋の袖吉か」

「へい」

江戸城出入りの人入れ屋相模屋伝兵衛の職人頭である袖吉は町奉行所とも縁があった。

「どうした、こんな朝早くから。仕事か」

「仕事じゃござんせんよ。お教え願いたいことがあるんでやすがねえ」

すっと一歩迫った袖吉が、下役の袖にすばやく金を落とした。

「あっ。うん。いつもすまんな。で、なんだ」

下役の顔つきが下卑《げび》た。

「山村座の連中がどこへ行ったかご存じないでやすか」

小声で袖吉が訊いた。

当初、山村座の一同は全員が町奉行所に拘束された。だが、すぐにほとんどの役者や裏方は関係ないと判明し、放逐されていた。

「江戸を売ったようだ」

「えっ。中村とか市村へ行ったんじゃないんで」

袖吉が驚いた。

芝居者は一段低い身分と見られていた。歌舞伎発祥とされる出雲阿国《いずものおくに》が、常設ではなく全国津々浦々を回り、河原などで公演していた経緯から、香具師《やし》と同じあつかいを受けていた。それだけに、芝居とかかわりのない場所で生きていくのは難しく、座を離れた者は、他の芝居小屋に移ることが多かった。もっとも、不始末をしでかして座を放逐された役者などは、どこも引き受け手がなく、それこそ辻で芝居のまねごとをして投げ銭をもらう大道芸人になるしかなかった。

「御上に目をつけられたんだ、山村座に縁のあった者を引き取る座はない」

江戸を売った役者や裏方は、大坂、名古屋、京などの芝居小屋を目指して散っていったと下役は説明した。

「そうでやしたねえ」

大きく袖吉は嘆息した。

「袖吉、役者の誰かに気でもあったか。男色《だんしょく》は格別らしいな」

「ご勘弁を。あっしは女一筋でやさ」

下役のからかいに袖吉が手を振った。

「もう一つ。森田座の連中はどうなってやす」

「ああ、それなら、それぞれの家で謹《つつし》みだ。音曲《おんぎょく》を出すことは許されないが、人が来るくらいなら咎めはないぞ」

そう答えながら下役が、顎で一軒の家をしめした。

「あそこが座元森田勘弥《かんや》の家だ」

「あれが。どうも」

頭をさげて袖吉が下役から離れた。

「お待たせしやした。旦那、森田座の座元の家へ行きやしょう」

「頼む」

あとについていきながら、聡四郎は袖吉のあざやかな手並みに感心していた。

「手慣れているな」

「なあに、あっしの手柄じゃござんせんよ。相模屋伝兵衛の看板と、金の威力でさ」

褒められた袖吉が苦笑した。

森田勘弥宅前で、袖吉が足を止めた。

「ごめんよ。座元はいるかえ」

「へい。どちらさまで」

応対に出てきたのは、森田勘弥のもとに住みこみで修業している若い役者であった。

「勘定吟味役水城聡四郎さまをご案内してきた。そう言ってくんな」

「は、はい。しばらくお待ちを」

袖吉に言われた若い役者が、家のなかへ走りこんでいった。

「今名のるなら、先ほどの町奉行所が手の者とも拙者が話せばよかったのではないか」

聡四郎が尋ねた。

「旦那が表に出たんじゃ、下っ端のお役人は言いたいことの半分もしゃべってくれやせん。うかつなことを口にして、咎めだてられたらたいへんだと思いやすからね。役人はそんなもんでござんしょ」

「……たしかにな」

諭すように言われた聡四郎はうなずくしかなかった。

泰平の世である。旗本すべてに役を与えるだけの余裕は幕府にはなかった。役に就かなければ、手当がなく禄も増えない。いくら役に就かせてくれと言ったところで空きがなければどうしようもないのだ。無役の旗本たちはその空きを作るために、必死で役目に就いている者の足を引っ張ろうと狙っていた。

それを防ぐには、つけいる隙《すき》を作らないようにするしかなかった。

役人というのは、手柄を立てることより失態をおかさないことに重きを置いていた。

「ぎゃくに、御上から咎められた者は、お役人に弱いのでござんすよ。へたに隠しごとをして、より心証を悪くするのを避けようといたしやすからねえ」

「なるほどな」

袖吉の使いわけの妙に、聡四郎は感嘆した。

そこへ若い役者を連れて壮年の男が姿を見せた。

「森田勘弥でございまする」

壮年の男がていねいに頭をさげた。

「勘定吟味役水城聡四郎である。御用の筋で尋ねたいことがあって参った」

「玄関先では、お話もできませぬ。どうぞ、おあがりくださいませ」

森田勘弥は、聡四郎を奥へと案内した。

通された座敷は、人気商売である座元らしく、造作《ぞうさく》や調度品《ちょうど》も凝っていた。

「このたびは、ご迷惑をおかけいたしまして」

最初に森田勘弥が山村座の不始末を詫びた。

「いや、そなたこそ、巻き添えとはいえ災難であった」

「おそれいりまする」

聡四郎のなぐさめに、森田勘弥が礼を述べた。

「失礼ながら、勘定吟味役さまがわたくしどもにどのような御用で」

森田勘弥が問うた。

芝居小屋などの管轄は町奉行所である。もっとも、祭礼などで興行するときは寺社奉行管轄となる場合もあるが、いずれにしろ勘定方の支配ではなかった。

「少し訊きたいことがあってな。先日の一件でなにか気になったことはないか」

駆け引きのたぐいの苦手な聡四郎は、正直に尋ねた。

「気になることと仰せられましても……」

あまりに漠然とした問いに森田勘弥がとまどった。

「旦那、あっしが」

困った顔の森田勘弥を見かねた袖吉が口をはさんだ。

「ああ」

聡四郎は首肯した。

「座元、もし、絵島さま一行が森田座に来られたとしたら、どこに案内する」

「さようでございますな。舞台がよく見えて、土間からお顔の見えにくい左手の桟敷《さじき》でございましょうか」

袖吉の質問に森田勘弥がすらすらと答えた。

「おいらも芝居は好きでちょくちょく見させてもらう。といっても、いつも大向《おおむ》こうで、桟敷なんて上等は入ったことさえねえが」

大向こうとは舞台の真正面で、芝居小屋の壁近くのことである。役者からもっとも遠い最下等の席であった。大向こうと桟敷では、木戸札の料金が二十倍から違った。

「桟敷だと当然、芝居茶屋をとおすことになろうぜ。どこの茶屋か教えてくれねえか」

袖吉が訊いた。

芝居小屋は吉原《よしわら》と似た方式をとっていた。

吉原が揚屋《あげや》をつうじてでないと格子女郎《こうしじょろう》以上の遊女と遊ばせないのと同じよう

に、芝居小屋は桟敷を茶屋に任せていた。

舞台を間近で見たい客は、あらかじめ芝居茶屋に話をして、桟敷を予約しておくのだ。芝居小屋の木戸でいくら金を積もうとも、桟敷に席をとることはできなくなっていた。

「……芝居茶屋ではございませぬ」

気まずそうに森田勘弥が首を振った。

「どういうことでえ」

糸口を見つけた袖吉が身を乗りだした。

「大奥や大名方のご婦人さまがお見えになられるときは、芝居茶屋ではなく、金主さまから言われることがほとんどで」

「金主だと」

「はい。金主さまのお招きで、ほとんどのお女中方はお見えになり、そのあと役者たちと食事などを楽しまれてお戻りになられるのでございまする」

森田勘弥が、話した。

「なるほどな。後藤さまが山村座の金主だったということか」

わざと袖吉は後藤縫殿助の名前を出してみた。

「まさか」

聞いた森田勘弥が否定した。

「申すもはばかりありますが……いかに御上呉服師の後藤さままでも、山村座さんの金主は無理でございまする」

「続かねえか」

「はい」

森田勘弥がうなずいた。

「ご存じのとおり、芝居興行には金がかかりまする。とくに人気の役者を呼ぼうとなれば、出演の金だけではすみませぬ」

芝居小屋に専属していない役者は、一興行ごとに雇われるのだ。人気役者ともなると一年で千両の金をとることもあった。

「他の座にとられないように、支度金の名目で金を積まねばなりませぬ」

「なるほどなあ。人気役者なしで芝居はあたらねえ」

袖吉が納得した。

「そのほかにも金は湯水のごとくかかりまする」

大きく森田勘弥がため息をついた。

幕府呉服師は将軍家やその家族の衣服調達を任として、扶持米《ふちまい》を与えられていたが、とても金があまっているとは言えなかった。

「じゃあ、いったい誰なんでえ」

袖吉が迫った。

「噂によりますと、紀伊国屋文左衛門さまだとか」

「なに、紀伊国屋だと」

黙って聞いていた聡四郎だったが、思わず声を出した。

「ひっ」

あまりの勢いに驚いた森田勘弥が悲鳴をあげた。

「すまぬ。だが、それは本当か」

聡四郎は、確認を求めた。

「直接、山村長太夫さんから聞いたわけではございませんが」

「そうか。邪魔をしたな」

さっと聡四郎は立ちあがった。

「旦那、もうよろしいんで」

あわてて袖吉が後を追ってきた。

「紀伊国屋のからくりなら、多少調べたところで手がかりが出てくるわけもないからな」

「では、どうなさるおつもりでって……まさか直接……」

聡四郎の足が八丁堀に向かっているのを見て、袖吉が絶句した。

昨年、京へ向かう聡四郎一行に紀伊国屋文左衛門がむりやり割りこんできた。そして紀伊国屋文左衛門のしかけた罠にはまった聡四郎たちは、京を去るとき二手に分断された。

そのときのことを袖吉は、ずっと根に持っていた。

「問うさ。本人にな」

勘定吟味役になった直後から、敵として戦ってきた紀伊国屋文左衛門のことを聡四郎は嫌いではなかった。もちろん、紅を人質に取ったことを許したわけではなかったが、それでも憎んではいなかった。壮大な夢を聞かされたせいかもしれなかったが、世間を狭いと言う紀伊国屋文左衛門に聡四郎はどこか共感するものを覚えていた。

「はあ。向こう見ずって言葉は、旦那のためにあるようなもんだ」

大きく嘆息しながらも、袖吉は遅れずついていった。

二

木挽町から八丁堀は、堀をこえればすぐそこであった。

「むなくそ悪いほど豪勢な普請で」

町方の与力同心の屋敷が続くなかで、ひときわ立派な建物が紀伊国屋文左衛門の本店であった。

店の前を掃除していた奉公人が、袖吉の声に顔をあげた。

「なにを言いやがる。このやろう……」

怒鳴りかけた奉公人が、聡四郎に気づいた。

「これは、お勘定吟味役さま」

あわてて奉公人が頭をさげた。紀伊国屋の使用人は全員が聡四郎のことを見知っていた。

「紀伊国屋どのはおられるか」

「あいにく、主人は隠居いたしましてから、こちらにはほとんど参りませぬ」

「紀伊国屋どのは、浅草に隠棲《いんせい》されておられたのであったな」

「はい。よろしければご案内申しあげますが」

手にしていた竹箒《たけぼうき》を置いて、奉公人が言った。

「頼めるか」

「へい」

聡四郎の頼みに奉公人が先に立った。

半刻（約一時間）ほどで奉公人は浅草寺《せんそうじ》裏の雑然とした裏長屋に聡四郎と袖吉を案内した。

「こちらで。ちょいとお待ちくださいませ」

一軒のすすけた戸障子の前で奉公人が立ち止まった。

「ごめんくださいませ。与助《よすけ》でございまする。旦那さまにお客人をご案内いたして参りました」

「与助かい。開けてくれていいよ」

なかから聞きなれた紀伊国屋文左衛門の野太い声が返ってきた。

「どうぞ」

与助は戸障子を開けると、聡四郎と袖吉に入るよううながした。

「御免」

「邪魔するぜ」

聡四郎と袖吉は敷居をまたいだ。

「これはこれは、水城さまではございませぬか。ようこそこのような陋屋《ろうおく》へ。どうぞ、おあがりくださいませ」

驚いた表情で紀伊国屋文左衛門が聡四郎を出迎えた。

「そちらは、たしか相模屋さんのお人だねえ。京以来だが、お元気そうでなによりだ」

「ふん」

にこやかな紀伊国屋文左衛門に対し、袖吉はそっぽを向いた。

「嫌われたものでございますな。まあ、小者《こもの》風情などどうでもよろしいが」

あっさりと紀伊国屋文左衛門がいなした。

「なんだと、てめえ」

鼻先であしらわれた袖吉が激昂《げきこう》した。

「よせ。袖吉」

きびしい声で聡四郎が袖吉をたしなめた。

「訪れた先の主を怒鳴りつけるのは礼に反する。袖吉、おぬし紀伊国屋文左衛門を前にしたとき、頭に血がのぼりすぎるぞ」

「ですが旦那、この野郎はお嬢を……」

袖吉は不満を隠さなかった。

「外に出ておるか。今の袖吉では落ちついて話ができぬ」

聡四郎は袖吉に告げた。

「……わかりやした。すまねえな」

言われて袖吉が、形だけ頭をさげた。

「お話はつきましたかな」

黙ってやりとりを見ていた紀伊国屋文左衛門が小さく笑った。

「醜態《しゅうたい》を見せた」

聡四郎も詫びた。

「いえいえ。ところで、このような場末まで御上のお役人さまが、何用でございましょう」

まだ笑いを浮かべたまま、紀伊国屋文左衛門が訊いた。

「山村座のことだ」

前置きもなく、聡四郎は核心を口にした。

「取り潰しだそうで。あわれなことでございますなあ」

他人《ひと》ごとのように紀伊国屋文左衛門が言った。

「紀伊国屋、とぼけるのはやめておけ。おぬしがかかわっていることはわかっているのだ」

鋭い声で聡四郎が告げた。

「おもしろいことをおっしゃいますなあ。たしかにわたくしは山村座の金主の一人でございます。その金主のわたくしが、山村座を潰すようなまねをいたすわけがございませぬ。このたびのことで、じつに千両近い損をこうむりまして。隠居の身としては、あまりに痛いと」

「よさぬか、紀伊国屋。失望させてくれるな」

紀伊国屋文左衛門の嘆きを聡四郎はさえぎった。

「……失望させては、いけませぬな」

紀伊国屋文左衛門が笑顔を消した。

「たしかに、絵島さまを山村座へご案内する手配をいたしたのは、わたくしでございまする」

あっさりと紀伊国屋文左衛門が認めた。

「なぜ……」

「ですが……」

追及を重ねようとした聡四郎を抑えて、紀伊国屋文左衛門が話を続けた。

「わたくしは絵島さまの門限破りまでは知りませぬ。山村長太夫にご接待申しあげろとは命じましたが、それ以上のことは言っておりませぬゆえ」

「それを信じろとか。ふざけるねえ」

袖吉が口を出した。

「黙りなさい。おまえごときに話をしているんじゃあない」

叩きつけるように紀伊国屋文左衛門が、袖吉に言った。

「紀伊国屋、意図はなんだ」

手でいきりたつ袖吉を制して、聡四郎が問うた。

「さあ。わたくしは言われたことをしただけで」

紀伊国屋文左衛門がとぼけた。

「おまえの飼い主は誰だ」

「申せませぬ」

聡四郎の問いに、紀伊国屋文左衛門が首を振った。

「あのお方の思惑がどこにあるかは知りませぬ。また、それはどうでもよいことなので。わたくしにとってたいせつなのは、前にも申しましたとおり、海を渡る船さえ造れればよいので。そのためには、どのようなことでもいたしまする。それが相模屋伝兵衛さんのお娘御を傷つける行為であっても」

夢は譲れぬと紀伊国屋文左衛門が宣言した。

「ならぬ」

重い気合いをこめて、聡四郎が声を発した。

「うっ」

ふところに手を入れて匕首《あいくち》を抜こうとしていた袖吉が止まった。

聡四郎は殺気を出した袖吉を止めたのだ。

「……ふう」

紀伊国屋文左衛門も息を吐いた。

真剣で戦うときの気迫を聡四郎は出したのだ。生死をかけた商売を経験し、肚が据わっているはずの紀伊国屋文左衛門も圧倒されていた。

「紀伊国屋。おぬしが手段を選ばぬのなら、拙者も遠慮はせぬ。夢はあくまでも夢。人の命と、ましてや他人の命と引き替えられるものではない」

静かに聡四郎は怒っていた。

「わたくしも枉《ま》げられませぬ。人生五十年。すでにつきようとしておりますれば、猶予もございませぬで」

細かく震えながらも、紀伊国屋文左衛門は聡四郎の顔から目を離さなかった。

「そうか。では、あらためて、そなたと拙者は敵ぞ」

「残念でございますが」

聡四郎と紀伊国屋文左衛門はにらみあった。

「失礼する」

ゆっくりと聡四郎が立ちあがった。

「なんのおかまいもいたしませんで」

続いて紀伊国屋文左衛門も腰をあげた。

「そなたの飼い主に伝えてもらおう」

太刀を腰に差しながら、聡四郎は言った。

「かならず、止めてみせるとな」

「たしかに、お預かりいたしました」

紀伊国屋文左衛門が、上がり口にていねいに両手を突いて、聡四郎を見送った。

「旦那……」

一言も口をきかず、黙々と歩き続ける聡四郎に、袖吉がおずおずと声をかけた。

「紀伊国屋ほどの男を飼い犬にできるお方っていうのは……」

「…………」

答えず、聡四郎は無言で歩き続けた。

聡四郎の足は苦悩したときの常、下駒込村の入江道場へと向かっていた。

「……旦那」

春とはいえ、まだ日は短い。朝早くに屋敷を出た聡四郎だったが、すでに日は傾き始めていた。

「わからぬ。紀伊国屋文左衛門を使って尾張を踊らせ、絵島をつうじて月光院さままで手玉にとった。それほどのことをしてのけるだけの御仁《ごじん》は、何人もおらぬ」

ようやく口を開いた聡四郎は、強敵を目の前にした武者のように震えていた。

「もとの大老、柳沢さま」

袖吉が名をあげた。

柳沢美濃守と聡四郎は面識がなかった。聡四郎が家督を継いだとき、すでに柳沢美濃守は幕職を退き、隠居していた。

「柳沢美濃守どのかどうかは確《しか》とはいえぬ。だが、ついに陰が姿を見せ始めたのだ。目的がなにかはわからぬ。将軍位の簒奪《さんだつ》か、幕政の壟断《ろうだん》か。それとも俗な百万石か。あるいは金かもしれぬ」

「勝てやすか」

「無理だろうな。白刃に徒手空拳《としゅくうけん》で向かうようなものだ。いや、素裸で鉄炮と対《たい》峙《じ》するにひとしい」

興奮していても聡四郎は己を見失ってはいなかった。

聡四郎にとって唯一の後ろ盾であった新井白石も、将軍家宣の死後かつての威勢はなくなっていた。いや、新井白石が変わらぬ勢力を持っていたとしても、柳沢吉保はかなう相手ではなかった。新井白石は優秀であったがあまりに狭量《きょうりょう》すぎ、他人を信用しない。助けてくれる人を持たない者は弱い。それに比して柳沢吉保は多くの家臣と配下を持っていた。

「新井さまと旦那は、うまくないでやすしね」

なにより、新井白石と聡四郎の間には大きな溝があった。

「お退きになる気は……ござんせんよねえ」

言いかけて袖吉が肩をすくめた。

「まったく、なんでこんな堅物《かたぶつ》に惚れてくれたかねえ、うちのお嬢は」

小声で袖吉が苦笑した。

「なんだ」

聞こえなかった聡四郎は袖吉に目をやりかけて、止まった。

すさまじい殺気が前方の社《やしろ》からただよっていた。

「だ、旦那」

気づいた袖吉が震えた。

「さがっていよ」

聡四郎は、袖吉の前に左手を伸ばした。

「こ、これは、あの野郎」

放たれた殺気に、袖吉は覚えがあった。

「ああ。黒覆面であろうよ」

さりげなく腰を落としながら、聡四郎も首肯した。

九州小倉《こくら》藩小笠原《おがさわら》家の抱え屋敷を除けば、ほとんど田畑しかない下駒込村である。日が暮れになると人気《ひとけ》はまったくなくなっていた。その下駒込村の中央に鎮座している神社から殺気はあふれてきた。

「出てこい」

太刀の鯉口《こいぐち》を切りながら、聡四郎は言った。

応じるように鳥居の陰から黒覆面姿の男が出てきた。

「やはりきさまか」

顔は黒覆面に隠されているとはいえ、背格好や雰囲気で聡四郎にはわかった。

「水城」

黒覆面が聡四郎の名前を呼んだ。

「なぜおまえの師は生きている」

暗い声で黒覆面が問うた。

黒覆面は、聡四郎の師入江無手斎の宿敵浅山鬼伝斎ただ一人の弟子、徒目付《かちめつけ》永《なが》渕啓輔《ぶちけいすけ》である。

永渕啓輔はかつて柳沢吉保の家臣であった。将軍綱吉に取りたてられ、幕臣となったが、いまだその忠誠は柳沢吉保にのみ捧げられていた。

「勝ったからだ」

あっさりと聡四郎は返した。

「我が師と入江無手斎では、勝負にならぬはずだ。江戸で格下を相手に世過ぎとして剣を遣っていた者と、峻険な地で命を賭けた修行を続けていた剣士では、戦うまでもなく勝敗は見えていた。それが、我が師は死に、入江無手斎は右手を怪我したとはいえ、のうのうと毎日を過ごしておる。どのような卑怯《ひきょう》な手を使った」

黒覆面からのぞく目を血走らせながら、永渕啓輔が叫んだ。

「下司《げす》の勘繰《かんぐ》りをするな」

怒りをこめて聡四郎も怒鳴った。

「剣士が命を賭けて戦ったのだ。技の差が勝負を決する。それを疑うとは、きさま己の師が剣名まで汚す気か」

「黙れ。我が一伝流が一放流におよばぬと言うか」

永渕啓輔がより激昂した。

「生き残った者が勝った。これ以上の事実はあるまい。まさか、きさま、仕合《しあい》に勝って勝負に負けたなどと、寝言を唱えるつもりではあるまいな」

間合いをはかりながら聡四郎も応じた。

「ならば、一伝流と一放流、どちらが強いか、やってみるか」

永渕啓輔が、聡四郎を挑発した。

「他人目《ひとめ》につかぬがよいだろう」

すでに闇に沈みかかった神社のなかへ、永渕啓輔が消えていった。

「旦那、よしなせえ。あれは人じゃねえ」

袖吉が止めた。

「いや、このまま逃げては、師匠に迷惑がかかりかねぬ」

聡四郎は入江無手斎へ永渕啓輔が累《るい》をおよぼすと見ていた。かつての入江無手斎ならば、聡四郎も心配しなかった。しかし、今は竹刀を持つことさえ満足にできないのだ。

「負けぬ」

雪駄を脱ぎ捨てて、肚を据えた聡四郎は神社の闇へと入っていった。

無住でありながらも、村の鎮守《ちんじゅ》として崇《あが》められているだけあって、神社はよく手入れされていた。

社前の庭は整地され、石一つ転がっていなかった。

小さな社を背に永渕啓輔が立っていた。聡四郎は五間（約九メートル）の間合いを空けて対峙した。

一放流は狭い間合いを得意とするが、わざと聡四郎は大きく離れた。一度だけだったが、聡四郎は永渕啓輔の剣を見ていた。一伝流前腰《まえごし》の太刀、その疾《はや》さは、一放流の奥義《おうぎ》雷閃に勝るとも劣らなかった。

永渕啓輔は腰を落とすことも太刀に手をかけることもなく、聡四郎を見ていた。

「どうした、一放流は構えねば撃てまい」

冷笑を浮かべながら、永渕啓輔が誘った。

「そちらこそ、前腰を出すには、背が伸びすぎであろう」

聡四郎も挑発した。

浅山一伝斎が編みだした一伝流の奥義前腰は、重心を低く構えたところから一気に身体を前に倒すようにして伸ばしながら放つ、存分に重みを乗せた一撃である。

拍子があえば人の胴をやすやすと両断するだけの威力があった。

「ふん」

鼻先であしらった永渕啓輔が、滑るように近づいた。たちまち間合いは三間（約五・五メートル）になった。

聡四郎も太刀を抜いて、右肩に担いだ。

一度足を止めた永渕啓輔が、地を擦《す》るようにして間合いを縮めた。二間半（約四・五メートル）を割ったところで永渕啓輔が、鯉口を切った。

二間半は一足一刀《いっそくいっとう》の間合いであった。どちらもが一歩踏みだせば、相手に太刀先が届く。いわば必死の間合いであった。

永渕啓輔も太刀を鞘走《さやばし》らせた。

月明かりを頼りに、聡四郎は永渕啓輔を見た。

白刃を青眼《せいがん》に構えた永渕啓輔は、先ほどまでの興奮を忘れたかのように静かであった。聡四郎もまた刃の輝きに心が鎮まっていった。

そのまま二人は動けなくなった。

木剣、あるいは竹刀での試合ならば、遠慮なく先手をとることができた。負けたところで、明日があった。

しかし、真剣勝負に次はなかった。

一放流は待ちの剣術である。

敵が間合いに入るのを見て、全身全霊をこめた一撃で両断する。ひとたび動きだせば止めることはできなかった。

一伝流は後の先《ごせん》を極意としていた。

後の先とは敵の一閃に応じて剣を出し、勝ちをとることである。敵の一刀を受けるなりかわすなりして防ぎ、そのままの勢いで撃つ。

どちらも先の先、敵の機先を制して勝つ剣術ではない。最初に動いたほうがその体勢の崩れにつけこまれかねなかった。

二人はじっと相手の息をはかった。緊迫した雰囲気があたりを縛りつけた。

「……旦那」

喉の渇きに耐えかねた袖吉が唾を飲みこんだ。

袖吉の喉が鳴った。

それを合図のように、聡四郎は仕掛けた。

聡四郎は半歩踏みこんだ。誘いであった。一放流は足場を固めて、重い斬撃《ざんげき》を撃つのが型である。聡四郎は、あえて体勢を崩すことで永渕啓輔の動きを呼んだ。みずから隙を生むことになるが、聡四郎は顔を隠している永渕啓輔の後ろめたさに賭けた。

人に知られればまずいからこそ、覆面をしているのだ。ときをかければかけるほど、他人目につくことになる。

落ちついて見える永渕啓輔のなかに、かならず焦りが潜んでいると聡四郎は読んだ。

「…………」

無言で永渕啓輔が、青眼の太刀を下段に落として撥《は》ねあげた。

太刀の重さだけ撃ちあげる一刀は、振りおろす太刀よりも遅くなるのが普通であった。だが、永渕啓輔の一閃は、聡四郎の目に止まらないほどの疾さだった。

「ぬん」

間にあわないと読んだ聡四郎は、首筋を狙うはずだった雷閃で、永渕啓輔の太刀を撃った。

手慣れた剣士は刀を撃ちあわせることを避けた。鉄でできているとはいえ、刀は曲がるし折れた。

戦いの最中に折れれば、死は確実であった。

しかし、命には代えられなかった。

聡四郎は重々承知していながら、太刀をぶつけた。

甲高い音がして、火花が闇を一瞬明るくした。

「くっ」

永渕啓輔が、大きく後ろに跳んだ。

聡四郎は残心《ざんしん》の構えのまま固まったように動かなかった。

「間にあわぬと踏んだか。その読み正しかったな。少し生きのびたではないか」

永渕啓輔が笑った。

「二の太刀は防げぬと逃げたか」

聡四郎も永渕啓輔に強がりを見せた。

雷閃の太刀は一撃必殺であるが、二の太刀を持たないわけではなかった。弓で二の矢が重視されるように、どの流派でも一の太刀に続く技を修練させた。

右から左へと袈裟《けさ》の太刀筋である雷閃の二の太刀は、横薙ぎであった。敵の首筋から胸を割り、反対側の腰へと断つ雷閃は、首筋に入らなかった瞬間、二の太刀へと変化し始める。

手首を強くひねって太刀を横にし、下る勢いを滑るものへと変えていくのだ。敵のへそあたりで水平となった一刀は、そのまま逃げた敵の胴へと吸いこまれていく。

しかし、今は違った。雷閃はかわされたのではなく、永渕啓輔の太刀にぶつかって勢いを相殺《そうさい》された。動きを一度止められれば、太刀行きの疾さに欠け、二の太刀は出なくなってしまう。聡四郎は無理をしなかった。

さらに聡四郎は、永渕啓輔が追い撃ってこずに間合いを空けた理由も見抜いていた。永渕啓輔が柄《つか》を握っている拳を小さく開け閉めしているのが見えた。重さではどの流派の極意にも負けぬ雷閃をまともに太刀で受けたのだ。永渕啓輔の両腕はしびれていた。

ゆっくりと残心の構えを解きながらも、聡四郎は永渕啓輔から注意を離さなかった。

「水城、今のでわかったぞ。やはり一放流は一伝流の敵ではない。待つことしかできぬ剣に覇《は》はない」

じりじりとふたたび永渕啓輔が間合いを詰めてきた。

「待つのではない。機をはかっているのだ」

応えながら、聡四郎は永渕啓輔の左足つま先を見ていた。

どちらも一撃で骨を断つだけの達者である。剣を振りおろしただけで敵に届く必死の間合い、そこまで二人の距離が縮まることはなかった。

となれば、間合いを詰めるにはどうしても足で地を蹴って近づかねばならなかった。聡四郎は一放流の基本、敵の動きにあわせて撃つを実践する気になっていた。

五間に戻った間合いがまたも三間に縮まった。

聡四郎は太刀を右肩に担ぎ、左足を少し前に出した。そうして腰を少し曲げた構えは、お世辞にも格好のいいものではなかったが、あふれんばかりの気迫に満ちていた。

「…………」

腰を落として、滑るように近づいていた永渕啓輔の足が止まった。

三間をわずかに欠けたところで、永渕啓輔は太刀を青眼に構えた。

青眼の太刀は守りの型である。剣を正中《せいちゅう》に置き、どこからの攻撃にも、一挙動で対処できる。しかし、攻撃に移るには一つ余分な動きが要った。

太刀を振りかぶるか、脇に引くか、下段に落とすかしないとならないのだ。

一伝流は初代浅山一伝斎が山伏《やまぶし》だったこともあって、修験道《しゆげんどう》の影響を強く受けていた。密教から派生した修験道は、峻険《しゆんけん》な山岳で修行することが多く、足腰の異常なまでの強さを特徴としていた。

一伝流の基本もそこにあった。

中腰で動きながら、頭がまったくぶれない永渕啓輔に聡四郎は感嘆した。不安定な姿勢は膝に大きな負担を強いる。聡四郎は、一伝流の強さのおおもとを見た気がした。

「来い」

永渕啓輔が誘った。

聡四郎は乗らなかった。

「怖《お》じ気《け》づいたか、水城」

「…………」

挑発を無視して、聡四郎は呼吸を落ちつけた。

蚕《かいこ》が糸を出すように、細く細く息を吐く。完全に吐ききる前に息を止め、一拍おいて静かに吸う。

こうして身体の隅々にまで気を満たしていくのだ。

「はあっ」

聡四郎が息を吐こうとしたのを見はからって、永渕啓輔が気合いを出した。人の身体は息を漏らすとき力が抜け、無防備になってしまう。すべての武術において敵の呼吸をはかることがたいせつなのは、ここにあった。息を吐いた瞬間を狙えば、いかな名人上手でも対応が遅れるのだ。

ために対峙しているときは、呼吸を見抜かれないように静かにおこなうことが肝要《かんよう》とされていた。

聡四郎は修練のとおり、油断なく呼吸したが、永渕啓輔はそれを読んだ。

気合いは戦いの合図でもある。並みの剣士なら、永渕啓輔の気合いに応じて息を止め、攻撃に備えるところだが、聡四郎は気にしなかった。

永渕啓輔の身体からあふれている殺気に変化がなかった。真剣勝負である。一撃をおろそかにすることはない。必殺の一刀をくりだすとなれば、どうしても殺気の量は増える。逆に、見せかけで殺気をこめて放出しては、気迫に穴が開いてしまう。これは、己の心のなかにできる隙であった。

「……ふん」

水のようにおだやかな聡四郎に、永渕啓輔が鼻白んだ。

「ええい」

永渕啓輔が息を漏らしたのを見逃さず聡四郎は気合いを発した。

「おうや」

すかさず永渕啓輔が返した。

真剣勝負で気合いは伊達《だて》ではなかった。応じられなければ、気を奪われる。気の入っていない一撃は、どんな銘刀を遣っても皮を斬るのが関の山なのだ。

「せえいい」

続けて聡四郎は腹から声を出した。

「……りゃあ」

受けた永渕啓輔が、太刀を高青眼《たかせいがん》にあげた。高青眼は切っ先の模《も》する場所を敵の喉から額へと変え、突きや、小さな動きで太刀を落とす技に移ることができた。

炯々《けいけい》と目を光らせながら、永渕啓輔が擦り寄ってきた。

聡四郎は息を止めた。すぐにでも雷閃の太刀を放てるよう、全身の力を太刀先へと集めた。

間合いはついに二間半（約四・五メートル）になった。

真剣勝負は、体力よりも気力の消耗が激しい。それも強敵相手となると、目に見えて疲弊していく。聡四郎は、これ以上長引かせると気迫負けしてしまうと感じた。

あきらかに聡四郎より永渕啓輔が一枚上であった。

まだ半間（約九一センチ）遠いが、聡四郎は踏みだした。

鍔《つば》で敵の額を撃て、が一放流の極意であった。二間（約三・六メートル）を切った短い間合いこそ得意としていた。

聡四郎は遠いのを承知のうえで雷閃を放った。

大きく踏みこみ、身体全体を精一杯伸ばして、聡四郎は太刀を出した。二の太刀へ備える筋の余力さえも使いきっての一閃であった。防がれるか、かわされれば、聡四郎は無防備な胴を永渕啓輔の前にさらすことになる。

必死の一刀が月明かりの反射を曳《ひ》いて走った。

「ふっ」

こらえきれなくなった聡四郎のあがきと見抜いた永渕啓輔が笑った。

後の先を得意とする一伝流にとって、先手を敵にとらせることは有利であった。それに一放流雷閃の太刀筋を永渕啓輔は十分知っていた。

かつて紀州の山中で、入江無手斎と戦い、一敗地にまみれた浅山鬼伝斎の人生は、この雷閃を破るために費やされた。その執念を弟子である永渕啓輔は身に受けてきた。

身体に刻まれた修練が、永渕啓輔を動かした。

間合いなき間合いを得意とする一放流、その必殺雷閃の真下へ永渕啓輔は身を投げだした。

太刀の刃は敵の身体から二尺（約六〇センチ）以内にはないのだ。そこにあるのは腕でしかない。たとえ撃たれたところで、腕では傷つくことなどなかった。永渕啓輔は、聡四郎の両腕を己の肩で受け止め、太刀の刃を空中で止めようとした。こうなれば二の太刀を撃つこともできなくなる。あとは青眼の太刀をわずかに傾け、聡四郎の首、その血脈を刎《は》ねれば勝負は終わる。師浅山鬼伝斎から対雷閃として叩きこまれた一連の動作は、流れるようであった。

「……くっ」

跳びこんだ刹那《せつな》、永渕啓輔は失敗を悟った。

雷閃は二間の間合いと見抜いた修練が仇《あだ》となった。間合いを半間読みまちがえたのだ。このままでは永渕啓輔の肩に聡四郎の太刀が食いこむことになった。

永渕啓輔はとっさに青眼の太刀を振った。遅れて出た永渕啓輔の一刀が、すでに落ちていた聡四郎の雷閃に追いついた。

空中で二つの太刀がふたたびぶつかった。

「なにっ」

「なんだと」

聡四郎と永渕啓輔が驚愕《きょうがく》の声をあげた。

みょうな感触が両手に伝わったあと、ふいに手応えがなくなったのだ。

二度の衝撃に耐えきれなかった互いの太刀が、鍔元付近から折れていた。

真剣勝負のさなか、手にしていた得物《えもの》が遣えなくなったことに呆然とした聡四郎と永渕啓輔はすぐに気を取り戻したが、何度も命がけの戦いを経験してきた聡四郎がわずかに早かった。

聡四郎は太刀を捨て、脇差に手をかけた。

「ぬん」

小さく気合いを吐いた聡四郎が脇差を抜いた。

「ちっ」

一方、永渕啓輔は折れた太刀を手にしたまま、駆けだした。

「預けたぞ」

「待て」

あわてて追いかけようとした聡四郎を、袖吉が止めた。

「旦那、お止《や》めなせえ」

「なんだ」

袖吉の声が落ちついていたことに聡四郎は気を殺がれた。

「負けてやしたよ、旦那が」

ゆっくりと近づいた袖吉が、折れた太刀を拾いあげた。

「折れるもんでやすねえ」

月明かりに折れた箇所をすかしながら、袖吉が言った。

「負けていたとはどういうことだ」

すでに永渕啓輔の姿は闇に溶けていた。聡四郎は追うことをあきらめて、袖吉に問うた。

懐から手ぬぐいを出し、折れた刃を袖吉が包んだ。

「おわかりでやしょう」

袖吉が聡四郎に顔を向けた。

「旦那より、あの黒覆面が疾かった。もし……」

手にした手ぬぐいに袖吉が目を落とした。

「…………」

聡四郎は声もなかった。

脇から見ていた袖吉がわかったのだ。聡四郎が気づかないはずはなかった。

ぶつかって勢いをなくした太刀は、一度手もとに引き戻すことになる。そのあとあらためて、二撃目をくりだすことになるのだが、その疾さで聡四郎は永渕啓輔におよばなかった。

もし太刀が折れていなければ、聡四郎の命はなかった。

「旦那……」

「………」

気遣わしげな袖吉から逃げるように、聡四郎は屋敷へと歩きだした。

聡四郎と袖吉の姿が消えてしばらく、社の屋根から影が落ちてきた。雲にさえぎられて月の姿は見えなかった。

「なかなかの見物であった。それにしても、柳沢の犬はたいしたことはないな。己の怒りで役目を放棄するか」

含み笑いをした影を、雲の切れ間から顔を出した月の光が一瞬照らした。黒装束どころか、覆面で顔すら隠していないのは、紀州家玉込め役組頭川村仁右衛門であった。

「水城か。殿がお気になさるほどの男とは、どう考えても思えぬ。あのような者にこだわっておられては、殿の覇道《はどう》に支障が出かねぬ。紀伊国屋文左衛門ともども、ひそかに排除いたすがおためか」

つぶやいて、川村仁右衛門が江戸の町へと消えた。

三

聡四郎の住居は広壮を誇っている加賀前田家百万石の上屋敷前から一筋曲がった本郷御弓町にあった。

「お戻りぃ」

大きく開かれた門を聡四郎が潜るなり、門番が内へ向かって叫んだ。

普段は家士である大宮玄馬、若党の佐之介、女中喜久らが出迎える。しかし、今日はただ一人、紅だけが玄関式台に座っていた。

「あっしはここで」

さっさと袖吉が聡四郎から離れた。

「お帰りなさいませ」

武家娘らしい所作で紅が指を突いて頭をさげた。

「うむ。今戻った」

戦いの気を己が放っていることに気づいている聡四郎はさりげない風を装って雪駄を脱いだ。

居室である書院までは、廊下を二度ほど曲がらなければならなかった。いつもならうるさいぐらいに話しかけてくる紅が、無言であとをついてくる。

聡四郎は紅がかなり怒っていることを理解した。

紅とはもう二年に及ぶつきあいであった。

元禄以降、武家の生活はかなり乱れたが、御目見得以上の旗本屋敷では、依然と規律は保たれていた。そんななか、嫁入り前の娘が毎日出入りしているのである。世間ではすでに紅を水城家の嫁として見ていた。

だが、聡四郎と紅の間にはなんの約束もなかった。

書院に入った聡四郎の着替えを黙々と手伝った紅が、襖際に端座した。

「水城さま」

ずっと名前を口にしていた紅が、名字で呼んだ。

「なにか」

永渕啓輔との戦いに敗れた聡四郎は、紅の機嫌をとる気にはならなかった。

「わたくしはお邪魔でございますか」

「いや、そのようなことはない」

さすがに聡四郎は首を振った。

「ならばなぜ、朝、なにもおっしゃらずにお出かけあそばした。それも袖吉をお連れになられた。袖吉は相模屋に居たはずでございまする。相模屋に御用とあれば、わたくしにお申しつけくだされればよろしゅうございましょうに」

相模屋は紅の自宅でもある。前日も顔をあわせていたのだ。そのときに明日訪ねていくとか、袖吉を呼んでくれとか伝えておけば、紅はそれに応じたはずであった。

「御用であった」

不器用な聡四郎である。根回しのたぐいは苦手であった。

言いわけとして、もっともまずい言葉であった。

前夜暮六つ（午後六時ごろ）まで紅は聡四郎の屋敷にいた。七つ半（午後五時ごろ）に帰邸した聡四郎と半刻（約一時間）ほどとはいえ、話をしていたのだ。御用を申しつけられたのなら、そのときに話をしておけばすんだ。御用の内容をしゃべることはできなくとも、袖吉を借りたいくらいは言えたはずだった。

「御用とあらば、いたしかたございませぬ」

ていねいに紅が礼をした。

「御用のさまたげとなってはいけませぬ。今後はお邪魔いたさぬようにいたします。では、ごめんくださいませ」

深々と頭をさげて、紅が出ていった。

「…………」

聡四郎は、それを見送ることしかできなかった。

「よろしいんでやすかい」

決別の言葉を残して出てきた紅に、袖吉が訊いた。

「知るものかい」

伝法《でんぽう》な調子に戻りながら、紅は言いすてた。

「なにがお気に召さないんで。水城の旦那は、酒を飲むわけでもなし、博打《ばくち》をうつでもなし、まして女遊びにうつつをぬかしたわけでもござんせんでしょう」

早足の紅に離されないよう、ついていきながら袖吉が諭した。

「信用されてないのが悔しいのさ」

紅がつぶやいた。

「なるほどねえ」

聞いた袖吉が納得した。

紅は聡四郎が背負わされているものを知っていた。新井白石がくだす命を、聡四郎がどうこなしてきたかを間近で見てきた。

「お嬢さんは旦那に救われやしたからねえ」

聡四郎と紅の出会いを最初から見てきた袖吉は、納得がいった。

紅の命を聡四郎は二度救っていた。

紀伊国屋文左衛門と金座《きんざ》の後藤を敵に回した聡四郎の戦いに紅が巻きこまれ、人質とされた一件は二度目であった。

その前に一度目があった。

江戸の人入れ稼業を一手にしようとした甲州《こうしゅう》屋というごろつきが、相模屋伝兵衛の一人娘紅を我がものにと狙い襲ったことがあったのだ。

甲州屋によって捕らえられた紅は、あわやその身を汚される寸前、急を聞いて駆けつけた聡四郎に助けだされた。

女にとって操《みさお》は命にひとしい。

紅は聡四郎に格別の感情を持った。

「もういいのさ。どうせ身分違い。あたしもこれ以上どうなろうなんて思っちゃいないよ」

さばさばした表情で紅が言った。

江戸城出入りの人入れ屋として名字帯刀を許されてはいても、歴然たる格式の差があった。御目見得以下の御家人ならいざ知らず、五百石をこえるお歴々とでは縁を結ぶことは難しかった。

「へえ。さようでござんすか」

不満気に袖吉の声が低くなった。

「なんだい」

気づいた紅が不足そうに振り返った。

「信用なされてないのはお嬢さんじゃござんせんか」

「あたしが聡四郎さんをかい。馬鹿お言いじゃないよ」

紅が気色ばんだ。

「じゃあ、なんで旦那のお帰りをあんな態度でお迎えになったんで。あれじゃあ、疲れて戻った男がたまりませんぜ」

足を止めて袖吉が言った。

「焼き餅焼かれるのも、たいがいになさらねえと」

「……お黙り。男のおしゃべりはみっともないよ」

「男には家の外に七人の敵がいると言いやす。とくに旦那の敵は、紀伊国屋文左衛門を始め、とてつもねえ連中ばかり」

「うるさいよ」

「お嬢さんはそれをご存じでやしょう」

紅の怒りなど歯牙《しが》にもかけず、袖吉は続けた。

「口をつぐみなと言ってるんだよ」

いらだって紅が叫んだ。

「お気づきになられなかったようでござんすねえ」

袖吉があきれた。

「なにがだい」

不安げに紅の声が揺れた。

「旦那の太刀が折れてやした」

「なんだって」

紅が大声を出した。

「また戦ったのかい」

「ええ」

首肯した袖吉に紅が迫った。

「よくぞ生きてやしたよ。あっしは今まで生きてきたなかで、あんなおそろしい野郎を見たことはござんせん。旦那が無事だったのはまさに瑞兆《ずいちょう》……」

思いだして震え始めた袖吉をおいて、紅が背中を向けて駆けだした。

旗本娘の装いを無視して、裾を蹴散らし紅が走った。

「まったく。好きなら好きと言えばすむ話だっていうのに、二人とも奥手のうえに不器用だときてやすからね」

肩をすくめた袖吉も後を追った。

暮六つを過ぎると、旗本屋敷の出入り口は閉められる。大門は当主の帰館をもって閂《かんぬき》をかけられ、潜りも桟《さん》が落とされた。

「開けておくれな」

紅が潜りを叩いた。

「その声は、相模屋の。ちょっとお待ちを。お忘れものでも」

大門に隣接する小屋で寝起きしている初老の門番が、潜りを開けた。

「………」

礼も言わず、紅はなかへと入った。

そのまま庭を通って台所口に紅は回った。台所では喜久が夕餉のあと片付けをしていた。

「喜久さん」

「おや、紅さま。四郎さまなら、ご書院でございますよ」

血相を変えている紅を止めるでもなく、喜久が教えた。

「ありがとう」

軽く頭をさげて、紅は廊下を走った。

「逃げやしませんよ、四郎さまは」

その後ろ姿を喜久がほほえんで見送った。

「………」

声をかけることも忘れて、紅は書院の襖を引き開けた。

「紅どの……」

書院では、折れ残った柄を前に、聡四郎が呆然としていた。

聡四郎の前に紅が腰をおろした。

「無事なのね」

「見てのとおりだ」

怪我一つないと聡四郎は告げた。

「教えて」

紅が聡四郎に命じた。

「なにがあったの、全部言いなさい」

「御用のことなれば……」

硬い言葉で拒絶しようとして、聡四郎は口をつぐんだ。

聡四郎の目の前で紅が泣いていた。

「あんたの身体を心配してはいけないの」

涙を拭こうともせず、紅が身をもんだ。

「ねえ、あたしはそれも許されないの」

「……うむ」

女に泣かれた経験など聡四郎はなかった。

「わかった」

聡四郎は新井白石に命じられたことをのぞいて、今日あったことを話した。

「あんた、馬鹿」

泣きながら紅が聡四郎を叱った。

「死ぬ気だったって、ふざけないで」

紅が聡四郎に迫った。

「命を賭けて戦う意義があるから、お侍さんだっていうのはわかってるつもり。でも、お旗本って、そんなに安いの。御用を果たさず、私怨に応じて死んで満足なの。遺される者のことを少しでも考えた」

「ううむ」

聡四郎はうなった。

「敵に背を向けるというけど、逃げなければならないときもあるはず」

「身代わりか」

折れた太刀にふたたび目を落として、聡四郎は首肯した。

「あんたが死ねば、跡継ぎのいない水城家は絶える。お父さまは他家に養子に出られたご兄弟のもとへ行かれ肩身の狭い思いをし、玄馬さん、喜久さん、佐之介さんたちは路頭に迷うことになる」

こんこんと紅が聡四郎を説いた。

「なにより、あたしはどうしたらいいの。あんたは、あたしが他の男のところに嫁入りしても平気だって言うの」

紅一世一代のせりふであった。

「……それは」

聡四郎は絶句した。

紅がいることに慣れていた己に聡四郎は思いいたった。

「…………」

それ以上言わず、紅は聡四郎の答えを待った。

「御用は続く。わかっておられよう」

「止めはしない。あんたが馬鹿なのは知ってる」

「剣も止めぬ」

「あんたから剣をとったら、なにも残らないでしょ」

珍妙な問答を聡四郎と紅はくりかえした。

そのありさまを廊下から袖吉と喜久がうかがっていた。

「なにやってんだかねえ」

袖吉があきれた。

「いいじゃありませんか。ようやくお二人ともおわかりになられたんですから」

喜久が口を手で押さえて笑った。

「どうやら、旦那が覚悟を決められたようでやすぜ」

聡四郎の顔が変わったのを見て袖吉が言った。

「紅どの」

「はい」

聡四郎の呼びかけに紅が首肯した。

「そばにいてはくれまいか」

「謹んでお受けいたしまする」

最後は旗本格の娘にふさわしい礼儀をもって、紅が応えた。

第四章　野望交錯

一

広大な江戸城だが、大名たちの居場所は決められていた。

格式の高い場所から、大廊下、溜《たまり》の間、大広間、帝鑑《ていかん》の間、柳の間、雁《かり》の間、菊の間の七つに分けられていた。

大廊下は将軍家ゆかりの大名家、溜の間は老中経験者など譜代最高の者、大広間は家門ならびに外様《とざま》で四位《しい》以上、帝鑑の間は古来譜代、柳の間は五位の外様、雁の間と菊の間は関ヶ原以降の譜代、新規おとりたてなどと決まっていた。

さらに同じ間のなかでも、家柄や役職などで座る場所が決められ、厳密に区別がなされていた。

また、功績で格上の間に上がることもあったが、ぎゃくに落とされることもあり、代替わりで変わることもあった。

ただ、大廊下上の間だけは、家康以来ずっと同じであった。増えもせず、減りもせず、座る場所も一寸（約三センチ）たりとて、動くことはなかった。

大廊下上の間は、御三家だけの座であった。

月次《つきなみ》登城した紀州徳川権中納言吉宗は、大廊下上の間左襖際中央に膝を折っていた。

吉宗より上座にあるべき尾張徳川家当主継友《つぐとも》は、十月に死んだ五郎太の喪があけておらず登城を遠慮していたが、下座には水戸徳川家当主綱条《つなえだ》がいた。年齢ははるかに上だが、格は吉宗より下である。

徳川綱条は無言で目を閉じ、じっとしていた。

御三家は神君家康の血を引き、将軍家に万一あるときは代わって人を出すことのできる格別な家柄であった。官位も高く石高も多い。

「だが、将軍御座の御休息の間へはもっとも遠い」

政の諮問《しもん》を受ける溜の間は、将軍御座と近いが、大廊下はかなり離れていた。

「なにか」

吉宗の独り言に綱条が目を開けた。

「いや、我らはなんのためにここで半日過ごすのでございましょうなあ」

四つ（午前十時ごろ）に登城した大名は、じっと決められた場所に座り続けるのである。弁当を使うときだけ台所脇に移動するが、その他は用便もできるだけ我慢してなにをするでもなく、下城時刻の八つ（午後二時ごろ）まで耐えなければならなかった。

「なんのためと仰せられると」

歳上ながら綱条の口調はていねいであった。これは紀州家と水戸家の設立に起因していた。

関ヶ原の合戦を制し、江戸に幕府を開いた天下人家康は、子供たちに要害の地と大領を与え、徳川の藩屏《はんぺい》とした。

とくに、関ヶ原の合戦後に生まれた三人の息子に、家康は徳川の名跡を許し、御三家として枢要《すうよう》の地に配した。それが尾張、紀州、水戸である。

三家はもちろん、家康の血を引いているが、なかでも紀州と水戸は生母も同じであった。

家康が晩年にもっとも寵愛した側室お万《まん》の方《かた》が、紀州家初代頼宣《よりのぶ》と、水戸家初代頼房《よりふさ》の母親であった。

そして、同母の兄弟には如実な序列が決められていた。

泰平の世、名門でもっとも尊ばれるのは、生まれであった。父親が同じ家康ならば、子供の序列は母親で決めるしかなかった。

そのとき同じ母親であれば、長幼が基準とされた。

つまり、水戸家は紀州家の弟として、設立されたときから風下に立つよう決められていた。

「将軍に近しい筋の者として、ご政道にたずさわるなり、ご下問にお答えするなりするならばまだしも、登城したとて決まりきったご挨拶を述べるのみ。あとは、一日こうやって座っておるだけ。これならば、藩邸にて政務を執《と》っていたほうがよほどましではございませぬか」

吉宗は大仰《おおぎよう》に嘆息してみせた。

「紀州の太守《たいしゆ》どのよ」

聞いていた綱条が、ほほえんだ。

「たしかに、どの家も政をおろそかにできる状況でないことは言われずとも知れております る」

御三家のなかで、水戸家がもっとも財政が逼迫《ひっぱく》していた。

藩主は江戸定府《じょうふ》で参勤交代をしなくてもよいにもかかわらず、水戸家が窮乏《きゅうぼう》しているには理由があった。二代藩主光圀が始めた『大日本史』の編纂《へんさん》であった。

武家に簒奪された朝廷の歴史を正しく伝えるためと、家康の孫とは思えない勤《きん》王《のう》家《か》であった光圀が開始したものである。だが、すでに六十年近い年月を経てもいまだ完成にはほど遠い状態であった。

人と本に金を惜しみなく使った事業は、裕福であるはずの水戸家の財政を圧迫し、参勤交代に二十日近い日数と千両もの金を要する遠隔の地紀州家よりも貧乏であった。

「しかし、武家にとって政以上にたいせつなものがございましょう。忠義こそ心《しん》柱《ばしら》。こうやって江戸城に伺候《しこう》いたすのも、将軍家への忠節」

綱条が歳若い吉宗を諭すように言った。

「いや、ご説を拝聴いたした。まさに、まさに。さすがは定府水戸家のお覚悟」

感心したと吉宗が賛した。

「とくに上様幼き今、御三家が率先して範《はん》を垂れねばなりますまい」

揶揄《やゆ》するような吉宗の口調に綱条が、少し不機嫌になった。

「さようでござるな」

あっさりと吉宗は話を切りあげた。

ふたたび沈黙が大廊下を支配した。

御三家は、下乗高札《こうさつ》をこえて江戸城玄関まで乗り物を許されていた。

下城時刻となった吉宗は、綱条を置き去りにさっさと駕籠に乗りこんだ。

「御免候《そうら》え」

他の大名たちと交錯《こうさく》することを避けて、吉宗の駕籠は先触《さきぶ》れを立てて進んだ。

江戸では御三家といえども威張ったことはできなかった。先触れの者は、他家ともめごとを起こさないよう、低姿勢で行列を誘導した。

「川村仁右衛門」

駕籠のなかから、吉宗が気に入りの家臣を呼んだ。

「これに」

すぐに返答があった。

「水戸の目をはずせ」

「よろしゅうございますか」

川村仁右衛門が確認をとった。

「うむ。城中で話したが、まったく覇気《はき》がない。本来の直系血筋であったわりに、遠慮が過ぎる」

吉宗は一族の長老を気弱だと断じた。

水戸家は複雑な継承をおこなっていた。

これは初代頼房がなにを思ったか、生まれた子供すべてを認知しなかったことに端を発していた。

家康から選ばれてとくにつけられた大名格の付け家老であった中山《なかやま》備前守《びぜんのかみ》が、頼房の三男光圀を三代将軍家光に拝謁《はいえつ》させたことで、藩は存続された。しかし、それは嫡男相続という家康の決まりを破ったことでもあった。

二代藩主となった光圀は、嫡男を差しおいて本家の主となったことを終生悔やみ、ついに水戸家三代を我が子ではなく、兄高松《たかまつ》藩主頼重《よりしげ》の息子に譲った。

これが綱条である。いわば綱条は本家に血筋を戻した直系として、堂々と水戸家の主に君臨していればよかったのだが、一度分家になった影響か、光圀の残した施政いっさいを継続したのだ。

『大日本史』もそうであった。

「正しい歴史を後世に残すなどという、世迷《よま》い言《ごと》を続けておるのがその証拠《あかし》ぞ。

歴史は勝った者が作るのだ。武家にとられた朝廷の権威……笑わせよる。ならば、その朝廷は政を奪ったのではないと申すのか。古書を繙《ひもと》けば、朝廷よりも前にいくつもの国があったことぐらいわかることだ。光圀がしたことは、いわば欺瞞《ぎまん》でしかない。兄を差しおいて家を継いだ弟の気まずさを、そこで補おうとしただけ。そのていどの輩が始めた無駄遣いを止めさせることさえできぬようでは、御三家の当主としては不足」

「…………」

駕籠脇で供しながら川村は無言であった。さすがに臣下の身分で御三家の当主を非難する言葉に同意はできなかった。

「家臣どももそうよ。光圀が馬鹿をしだしたならば、止めねばなるまい。そのための付け家老であろう。あまりに情けないではないか。付け家老といえば、神君家康さまのお目にかない、とくに息子の傅育を任された譜代の大名どもではないか。我が紀州の安藤《あんどう》、水野《みずの》も同じよ。なにもせぬ。余に諫言《かんげん》一つ申してきたこともない。それほど命が、禄が惜しいかの」

「…………」

吉宗の話は続いた。

「監視するだけの値打ちもないわ。水戸は我が敵にあらず。張りつけておる玉込め役をはずせ」

「承知いたしました。で、はずした者はいかがいたしましょう。国元に帰しまするか」

「いや。柳沢吉保につけよ」

川村の問いに、吉宗が命じた。

「吉保の病はどうだ」

吉宗が問うた。

「おそらく、次の冬は迎えられまいとの診たてでございまする」

「乾坤一擲《けんこんいってき》の一手に出るか」

寵臣の答えに吉宗が満足そうにうなずいた。

「いかに綱吉どのがお血筋といえども、家臣の名跡を継いだ者を武家の統領《とうりよう》として崇《あが》めることはできぬ。それは血筋の正統さを地に落とし、下克上《げこくじよう》の気風をふたたび起こすことになる。戦国の再来、それは神君家康さまのお心にそむくことになる」

きっぱりと吉宗が言った。

吉宗は、柳沢吉里が綱吉の子供であることを知っていた。

五代将軍綱吉と吉宗は浅からぬ縁で結ばれていた。紀州二代藩主光貞の四男として生を受けた吉宗は、父光貞が高齢であったことと、生母の身分が低かったために、公子として認められることなく、家臣の家に預けられて育った。

御三家の子供といえども将軍に目通りしないかぎりは、藩を継ぐどころか別家や禄を与えられての分家はできなかった。

このままであれば、臣下の家を継いで紀州藩士となるしかなかった吉宗に、綱吉が光明をあてた。

子供に恵まれなかった綱吉は、光貞が老齢でも子をなしたとの噂を耳にして、是非見たいと言ったのである。

将軍のお声掛かりである。公子ではないとされくすぶっていた吉宗は、ただちに父光貞の子供として届けられ、江戸城で綱吉の謁見《えつけん》を受けた。

御三家の男子は将軍拝謁《はいえつ》と元服をすませれば大名に列するのが慣例である。吉宗も越前葛野《かずらの》に三万石を与えられた。

そこから吉宗の出世は始まった。藩を継いだ長兄、次兄、そして隠居していた父がたて続けに急死したのだ。松平の姓を与えられることもなく、朽ちていくはずだった吉宗に、御三家紀州五十五万石当主の座が転がりこんできた。

綱吉こそ吉宗の恩人であった。

「恩は恩であるが、筋は曲げられぬ」

吉宗は吉里を認めないと述べた。

「はっ」

川村も同意した。

「吉保は、一筋縄ではいかぬ。二重三重に目を配っておけ。紀伊国屋文左衛門も忘れるな」

「手抜かりなくいたしまする」

「あと、水城にも一人つけておけ」

「あのような小物にそれほどのことをなされずとも……」

驚いて川村が抗議した。

「黙れ。余に意見する気か」

きびしく吉宗が叱咤《しった》した。

「申しわけございませぬ」

急いで川村が詫びた。

「よいか。あの者に素質があるかどうかではない。あやつの周りでことが動いている。これは確かじゃ。荻原近江守のこと、将軍菩提所《ぼだいしょ》の一件、そして尾張の吉通が毒殺、となな。これだけかかわってきた者を見張るは当然」

「………」

川村は無言であった。

「あと、水城につけた玉込め役には、警固《けいご》もさせよ」

「な、なにを」

驚愕《きょうがく》の声を川村があげた。

「ご一門でもなき者に、そこまで」

「意見は許さぬと申したはずだ」

氷のような声で吉宗が怒った。

「あと国元から送らせた小判は、目立たぬように金座《きんざ》へな」

川村の反論を封じた吉宗は話を切り替えた。吉宗は金座の後藤《ごとう》と手を組んで偽金造りをおこなっていた。

「おまかせを」

川村が首肯した。

「できあがった小判を誰に配るかは、余の指示あるまで後藤に預けておけ。そうすれば万一ばれても紀州に傷はつかぬ」

「……ご命令のとおりに」

歩きながら頭をさげた川村が、行列を離れた。

戸を閉めて、吉宗が背中を駕籠に預けた。

「七代の座は、くれてやった。それで満足であろう家継よ。政をおこなえぬ幼児に任せられるほど、天下は安泰ではないのだ。ここで踏ん張っておかねば、幕府はもたぬ。神君家康公が心血をそそがれた江戸を千年天下の城下となすには、果《か》断《だん》も必須ぞ」

はっきりとした意志をこめて、吉宗が、つぶやいた。

二

行列を離れた川村仁右衛門は、小石川《こいしかわ》へと向かった。

神田川《かんだがわ》を渡って林大学頭《はやしだいがくのかみ》の屋敷、学寮を過ぎれば、水戸家上屋敷である。

定府として江戸での生活を強いられているだけに、小石川の水戸家上屋敷は、他の御三家や外様大名たちのものと遜色《そんしょく》ないだけの威容を誇っていた。

水戸家の屋敷角で川村は足を止めた。小さく口笛を吹いた。

「お頭《かしら》、なにか」

すぐに頭上から声がした。

「殿のご命じゃ。村垣《むらがき》、そなたはここを離れ、甲州の見張りにつけ」

ほとんど口を動かさない忍独特の発声法で川村が言った。

「甲州……茅町の中屋敷でございますな」

やはり狙った相手にしか聞こえない声で、村垣が答えた。

「うむ。委細《いさい》すべてをご報告申しあげよ」

「承ってござる」

いっさいの気配をあらわすことなく、頭上の声が消えた。

「少し勝手を許していただくとするか」

川村が、水戸家の屋敷角を離れた。

歩きだした川村は、ふたたび林大学頭の屋敷前まで戻った。

「ここにおれば、かならず会えよう」

そう独りごちた川村は、さりげなく川沿いにたたずんだ。

「まだ水城につける玉込め役は決めておらぬ。我らが警固につく前に水城が死ねば、いたしかたないこと。玉込め役の名前に傷はつかぬわ」

一刻（約二時間）近く、川村は身じろぎもせずに待った。

「来たか」

昌平橋《しょうへい》に目をやった川村がつぶやいた。

「あれは……殿」

最初に気づいたのは、聡四郎の先に立っていた大宮玄馬であった。

「おおっ、たしか紀州の」

聡四郎も川村を見つけた。

昌平坂のなかほどで、川村と聡四郎は対峙した。

「先だっては、馳走になり申した」

まず、年始での礼を、聡四郎が口にした。

「いえ。不十分なもてなし、恥じ入りまする」

ていねいな口調で川村が頭をさげた。

「どうやら、拙者をお待ちであったようだが。紀州公から御用でも」

聡四郎は訊いた。

「いえ。殿の御用ではございませぬ。水城さまにお願いがございまする」

首を振って、川村が言った。

「願いと言われると」

「仕合《しあ》っていただきたい」

重ねて問うた聡四郎に、川村が告げた。

「仕合《しあい》……真剣勝負を望まれるか」

聡四郎は川村の真意を尋ねる形で確認した。

「いかにも」

「わけを聞かせてもらえまするか」

剣士だからといって、のべつ真剣勝負をしているわけでも、願っているわけでもなかった。命のやりとりには、それ相応のものが要った。

「わけでござるか」

ほんの少し川村が思案した。

「そうでございまするな。一放流と刃をあわせてみたい。これで、いかがで」

川村が答えた。

「殿、わたくしが」

大宮玄馬が前に出た。

「ならぬ。仕合を申しこまれたは、拙者だ」

聡四郎は大宮玄馬を制した。

「しかし……」

「川村どの。剣の仕合を所望《しょもう》でござるな。なにか裏があるというなら、こちらは相応な対応をとることになるが」

しぶる大宮玄馬をさがらせて、聡四郎が念を押した。

「ないと申したところで、信じてはもらえますまい」

「近ごろ疑い深くなりましたのでな」

川村も聡四郎も苦笑いをした。

「とりあえず、剣の仕合としていただきたい」

「承知」

「殿」

納得した二人に、大宮玄馬が声をあげた。

「かまわぬ。拙者も見てみたいのだ。紀州権中納言徳川吉宗さまが全幅の信頼を置く、川村どのが剣をな」

吉宗参府の行列を襲った尾張お旗持ち組士たちを一刀で斬り伏せた紀州玉込め役、その実力のほどを聡四郎は目にしていた。

勘定吟味役として、私闘を受けるべきではないと聡四郎は重々承知している。しかし、剣をあわせることで初めてわかるものもあった。

聡四郎は何度も刃の下を潜ることで、真実を見てきた。

なによりも聡四郎は、門外不出であろう紀州玉込め役の剣筋を目の当たりにしたかった。

「ここでというわけには参りますまい」

周囲を見わたした川村が言った。

そろそろ暮六つに近くなっている。新春を迎えたとはいえ、まだ日が落ちるのは早い。日はすでに残照を残すだけとなっていたが、江戸の町中、人通りは少なからずあった。

「いかがでござろうか。そこの神田明神までおつきあい願えませぬか」

川村が誘った。

神田明神は林大学頭の屋敷裏にあった。朝廷に反旗をひるがえした平将門《たいらのまさかど》を祭神とした江戸鎮護の神社である。四千坪におよぶ敷地を誇り、庶民の信仰も厚かった。

「あそこならば、日が落ちれば人の姿はなくなりまするが、灯りには困りますまい」

歩きだしながら、川村が言った。

神社や寺院には、信者信徒が寄付した提灯や灯籠が数多くあった。いかに油の値段が高くなっても、寺社だけは灯りを絶やすことはなかった。

「よろしかろう。平将門どのといえば、武の神でもある。その神前で刃を交わすは、剣士として本望《ほんもう》でござる」

うなずいて聡四郎も足を進めた。

まだ神田明神の表門は閉じられていなかった。もっとも夜間参拝の信者のため、どこか一つ昼夜を問わず開けていたので、遅くなっても出入りに困ることはなかった。

「人気《ひとけ》はござらぬな」

左右を見た川村がつぶやいた。

暮れるにあわせて冷気が襟から入ってきていた。女子供はとっくに帰宅している。今うろついている者たちは仕事先から帰宅を急ぐか、酒か女を求めて夜の江戸へ出ていく男である。薄暗い社内に用はなかった。

「よろしいか。急《せ》かすようで悪いが、待たせておるのでな」

社前を少し離れた木立のなかに場所を移して、聡四郎が言った。

「相模屋伝兵衛の娘御でござるな」

川村が笑った。

「江戸の女というのは、我慢が足りませぬな。紀州の女は男が帰ってくるまで三日でも四日でも愚痴一つ口にせず待ちますぞ」

太刀を抜きながら川村が、自慢した。

「うらやましいことでござる」

ほほえみながら、聡四郎も刀を鞘走らせた。

相模屋伝兵衛からもらった太刀は根元から折れたため、研ぎ師のもとへ出して守り刀へと磨《す》りあげていた。

聡四郎が手にしていたのは、吉宗から拝領した太刀であった。

「それは殿から」

すぐに川村が気づいた。

「いかにも。普段遣っておった太刀が手元にございませぬので」

「折れたのでござったな」

あっさりと川村が知っているとあかした。

「ご覧であったか。恥じ入る」

驚きを見せずに、聡四郎は応えた。

命がけの戦いである。周囲に気を配っている余裕はなかった。すぐそばに潜まれていたと己がわからなかったことは当然と聡四郎はのみこんだが、あの黒覆面は気づいていたのかと気になった。

「いや、おみごとでございました」

青眼《せいがん》に構えながら、川村が賞した。

聡四郎は、薄明かりのなかで目をこらして川村の構えを見た。

多くの流派の基本となっている青眼であるが、わずかに違っていた。

「……癖のない」

聡四郎の思いを横で見ていた大宮玄馬が代弁した。

川村の青眼は、身体の中央からずれることなく、切っ先はまっすぐに聡四郎ののどもとに擬《ぎ》せられていた。

聡四郎は警戒を強めた。

あまりにお手本すぎた。きれいすぎる構えには、理由がある。流派の特徴を盗まれたくないのだ。

剣術の祖は室町時代の僧慈恩《じおん》禅師にまでさかのぼる。奥羽《おうう》の名門相馬《そうま》の一族だった慈恩は、子供のころ目の前で殺された父の仇《かたき》を討つために剣術を身につけた。血を吐くような修行ののち、復讐《ふくしゅう》を果たした慈恩は、二度と人殺しのために剣を振るわず、終生弟子の養成に尽くした。

慈恩の弟子たちは全国に散ってそれぞれの流派を起こした。もとは同じものであったのが、何代、何百年とときを経るうちに変化し、現在のような型になった。一放流のもととなった富田流小太刀と柳生新陰流《やぎゅうしんかげ》の祖である陰流《かげ》はまったく違った型であるが、たどれば慈恩で一つに戻る。

なればこそ青眼の構えはどの流派にもあり、そして少しずつ違うのだ。

「…………」

無言で聡四郎は太刀を青眼にした。

一放流の青眼は他流に比べて切っ先が立つ。必殺雷閃の太刀への移行を考慮すれば、こうならざるを得ないのだ。

二人の間合いは五間（約九メートル）あった。

互いに相手の出方を見てか、二人は青眼のまま姿を変えなかった。

対峙がどのくらい続いたか、日は完全に落ちていた。

まったくの闇というのは、この世にはなかった。たとえ月がなくとも星明かりはあり、雲が厚く覆っていても、どこからか光は地を照らす。

そして白刃ほど光を吸うものはなかった。

聡四郎と川村の太刀だけが、闇のなかに浮いていた。

「参る」

最初に動いたのは、川村であった。

青眼の太刀をまったく揺らさず、腰から下だけで川村が迫ってきた。

「疾い」

大宮玄馬が息をのんだ。

聡四郎も驚いていた。滑るように近づいた川村は、あっという間に一足一刀《いっそくいっとう》の間合いに入り、太刀をまっすぐ振りかぶった。

「おうう」

重い気合いを口にして、川村が振りかぶった太刀を落とした。

「…………」

無言で聡四郎は、身体を右に回して、これをかわした。そのまま反撃に移ろうとした聡四郎は驚愕の声をあげた。

「なに」

聡四郎は、身を地面に投げだした。

確実にかわした刃が、蛇のように聡四郎を追ってきていた。

「玄馬」

転がって間合いを空けながら、聡四郎が叫んだ。

「み、見えませなんだ」

大宮玄馬も動揺していた。

剣に目は欠かせなかった。もちろん盲目の剣士もいたが、気配で敵を感じるだけで、敵の太刀筋を確認するには目に頼るしかないのだ。

動くものをすばやくとらえる目を持つ者だけが、一流の剣士たりえた。その点で言えば、小太刀で一流をたてることを許された大宮玄馬は、聡四郎よりも上であった。

その大宮玄馬が、川村の太刀筋を見抜けなかった。

「くっ」

大きく離れてから聡四郎は起きた。

転がった聡四郎に追撃をくりださなかったことも川村の腕をしめしていた。

地に伏した敵をつい上から襲いたくなるのが人情であるが、これは大きな愚であった。転がっている者の刀は、立っている者の臑《すね》でも足でも傷つけることができたが、立っている者の刀は、肩の位置が決まっているために地に届かないのだ。届かせるには、足を止めて腰を低くしなければならなかった。戦いの最中に一瞬でも無防備に足を止めることは、致命傷となる。

手慣れた剣士は、転がる敵に手を出さず、立ちあがるときの隙を待った。しかし、川村はそれさえしなかった。

聡四郎は舌を巻いていた。

立ちあがるとき、体勢は大きく崩れ隙ができる。だが、それは同時に起死回生《きしかいせい》の場でもあった。

うかつに近づいてきた敵へ、相討ち覚悟の剣を出す。死なばもろともであるが、真剣勝負は芝居ではない。土を嚙み、血を啜《すす》ってでも生き残る。命のやりとりは、技の美しさなどとは関係なく、最後に生きていた者の勝ちなのだ。

川村が立ちぎわを狙わなかったことで、聡四郎は一つ腑《ふ》に落ちた。

「忍の剣」

聡四郎のつぶやきに、川村がほんの少しだけ肩を揺らした。

「なるほどな。玉込め役とは、藩主直属の忍か」

体勢をたてなおした聡四郎は太刀を雷閃に構えた。

聡四郎は、川村の剣が生きて戻るためのものと気づいた。忍とやりあった経験から、聡四郎はその特徴を覚えていた。

「奇をてらった技、追い撃ってこない慎重さ。まさに忍者だな」

断言しながら、聡四郎はじりじりと間合いを詰めた。

さきほどの太刀筋が読めなかった。つまり対応することができないのだ。ならば、己のもっとも得意とする技で、先手を取るしかないと聡四郎は覚悟した。

「捨て身か」

低い声で川村が言った。当初のていねいな口調は消えていた。

「…………」

無言で聡四郎は足を運んだ。

三間（約五・五メートル）の間合いを切ったとき、川村が動いた。

「くっ」

聡四郎には影がかすんだようにしか見えなかった。

今度はかわさず、聡四郎は迎え撃った。

青眼からの太刀筋は、まっすぐか袈裟懸けしかない。胴を狙う横薙ぎもできないわけではないが、手首と肩に無理がかかるため、どうしても太刀行きが遅くなった。

聡四郎は一撃の疾さから川村の太刀筋を真っ向からと読んで、雷閃の太刀で迎え撃った。

「なにっ」

手応えがなかったことに聡四郎は愕然とした。二の太刀を捨てた必死の一刀は空を切った。

川村は、太刀を振ったと見せて、後ろに二間(約三・六メートル)跳んでいた。

「それが雷閃か」

三度青眼に構えながら、川村がしゃべった。

「背中の筋を使うか」

たった一度見ただけで、川村は雷閃の特徴を読みとった。

「たしかに当たれば、兜も割ろう。だが、はずされれば、護りようのない後ろ首を敵にさらすことになる。剣としては一流を立てるに値するかもしれぬが、武としては遣えぬな」

川村が冷笑した。

「それに、おぬしの剣には傷がある」

きっぱりと川村が宣した。

「傷だと」

「死にいく者に、明日の話は無駄であろう」

聡四郎の問いかけに、川村が首を振った。

「おぬしの癖か、一放流のものかわからぬが」

川村が言葉を切った。

「いずれにせよ、一放流は我が術の敵たらず」

「なに」

聡四郎はあざけりに激した。

「一放流をさげすむことは許さぬ」

「このていどのことで冷静さを失う。剣の腕同様、肚もできておらぬ。なぜに、我が殿は、この者を気になさるのか。わからぬ」

怒りに顔を赤くした聡四郎を無視して、川村が独《ひと》りごちた。

「黙れ」

「殿、お平らに」

声を荒らげた聡四郎に、大宮玄馬が注意をうながした。

「玄馬……」

言われて、聡四郎が大宮玄馬を見た。

「敵の策略でございまする。落ちつかれませ」

大宮玄馬が、忠告した。

「そうであったな」

ようやく聡四郎は息を整えた。

「まあ、同じだがな」

滑るように川村が間合いを詰めてきた。

「殿」

大宮玄馬が叫んだ。

「ぬん」

あわてて聡四郎が対処した。

崩しかけていた構えを戻す間もなく、聡四郎は太刀を振った。

「ふっ……」

小さく息を吐いた川村が、足を止めた。

「刀が折れては困る」

川村が笑った。

「腕はなまくらでも太刀は業物《わざもの》だからな」

「こやつ……」

嘲笑よりも聡四郎は、川村の体術に驚いていた。

雷閃の太刀としては不十分な体勢であったが、聡四郎の一撃はかなりの疾さで落ちた。受け止めたり、かわしたならまだしも、突っこんできた川村は、雷閃の間合い寸前で身体の勢いを抑えた。

人というのは走っていて急に停止することはできない。わずかながら身体が前にのめる。しかし、川村はそれさえなく、止まってみせた。

「馬鹿な……」

大宮玄馬もまた息をのんだ。

上半身を揺らすことなく駆けてきたのを止めた。これは足腰の強さをあらわしているだけではなかった。いかに優れた者であろうとも、全力での動きを急におさめることはむずかしい。どうしても勢いを殺すための動きが要る。それがなかった。つまり、川村にはまだ余力があるとの証拠であった。

「………」

あらためて聡四郎は足場を固めた。

黒覆面以上の強敵であった。聡四郎は己の修行のすべてを一撃にこめるしかないと悟った。

「死ぬ覚悟ができたようだな」

聡四郎のまとっていた雰囲気の変化に川村が気づいた。

「殿」

大宮玄馬が半歩さがった。

全身全霊を川村に向けている聡四郎の邪魔になることを避けたのだ。

家士でありながら、大宮玄馬は剣士であった。家臣としては身を捨ててでも主を守るべきである。大宮玄馬が川村の一刀をしのいでいる間に、聡四郎を逃がすのが常識だった。しかし、子供のころから聡四郎を知っている大宮玄馬は、それが無駄死にだと理解していた。

家臣を捨ててでも生きのびる冷酷さを持っているなら、町人の娘を助けるために命を賭けたり、新井白石の意向に逆らってまで幕府の秘密を一人で抱えこもうとはしない。

「ご存分に」

聡四郎が討たれたらその場で仇をとり、追い腹を切ると大宮玄馬も肚を決めた。軽く膝を曲げて、聡四郎は太刀を右肩に担いだ。静かに呼吸を抑えていく。聡四郎の息づかいが落ちつき、代わって殺気が放たれた。

川村も慎重であった。

「さすが戦国の気風を伝えているだけのことはあるな。なまなかな気迫ではない」

めずらしく川村が褒めた。

「ならば、拙者も見せてくれようか。修験の剣を」

川村が構えを変えた。

青眼だった太刀を右の脇に移した。それもまっすぐ剣先を天に向け、身体に添うように刃を立てた。

「鬼に会えば鬼を斬り、仏に会えば仏を斬る。諸仏諸悪鬼を滅却《めつきやく》する破刃《はじん》。目にしたことを誇りに死んでいくがいい」

かっと川村が目を見開いた。

炯々《けいけい》と瞳が光った。聡四郎は負けじとにらみつけた。

「……波羅蜜《はらみつ》……」

小声で川村がなにかをつぶやきはじめた。

「般若心経《はんにゃしんぎょう》」

大宮玄馬が声をあげた。

聡四郎はわかっていても口を開く愚をおかさなかった。息を整えたあとに声を発しては、せっかくの準備が霧散《むさん》してしまう。

「………」

きっかけもなく川村が走った。

油断なく川村を見ていた聡四郎は、驚くことなく対応した。

三歩で間合いを二間に減らした川村が右に立てていた剣を前に倒して突きだした。切っ先があやまたずに聡四郎ののどを襲った。

「ふっ」

溜めていた息を小さく漏らし、刹那、筋をゆるめて聡四郎は身体をひねった。

一度目は立ち位置を変えずに対処しようとして、川村の二撃目を食らいかけた。

聡四郎は身体をひねりつつ、大きく膝と腰を曲げて、地に腰をおろすような姿勢になった。

「………」

のどを突いてきた太刀が、気合いもなく真横への薙ぎに変わった。川村の太刀は聡四郎の頭上を通りすぎた。

「おうう」

聡四郎は残していた気息《きそく》を一気に吐いて、太刀を川村の太股目指して振った。

「……ちっ」

初めて声を出して川村がかわした。聡四郎の一閃ははずれた。

「くう」

腕に力を入れて、聡四郎は太刀で地を撃つ失敗はまぬがれた。

続けて、川村は後ろに跳んで間合いを空けた。

屈みこんだ形になった聡四郎は追撃することもできず、体勢を整えるのが精一杯であった。

「手首の返しか」

大宮玄馬が川村の太刀の変化を見抜いた。

「ほう。従者のほうができるな」

興味深そうに川村が大宮玄馬を見た。

「大宮玄馬だったか。八十俵取りの御家人が息子。八歳で入江道場に入門、最年少で目録を得た。一年半前、水城家に三十石で召し抱えられた」

川村が大宮玄馬の経歴を語った。それは、玉込め役が聡四郎に興味を持って調べたとの意味であった。

「なにを自慢げに話している」

聡四郎は、太刀を担いだ。

「そのていどのこと、町方の下役に金をつかませればわかること。とっておきを言うような顔をするな。お里が知れるぞ」

嘲笑を聡四郎が返した。

「……しゃべりすぎたか」

川村が口をつぐんだ。

「死ぬがいい」

ふたたび川村がみょうな構えに戻った。

「玄馬、行け」

聡四郎が大宮玄馬の名前を呼んだ。

「はっ」

うなずいた大宮玄馬が背中を向けた。

「なにっ」

初めて川村が動揺した。

「玄馬ほどの腕ならば、そなたの太刀筋を他者に伝えることなどたやすい。何年秘してきたかは知れぬが、これで表に出ることになる」

聡四郎が告げた。

「奥義も秘技もひとたび人に知れれば、世間へあかしたのも同じ。十年すれば、江戸中に修験の剣を教える道場ができよう」

「……くっ」

川村の頬がゆがんだ。

「主を見捨てるのか」

走っていく大宮玄馬に川村が叫んだ。

「見捨てられるのは、おぬしだろうな」

聡四郎は、川村を揶揄《やゆ》した。

「紀州権中納言さまは、正体をばらされた忍をお許しになるとは思えぬが」

数度の出会いで、聡四郎は吉宗の苛烈《かれつ》さを見抜いていた。

「おのれっ」

大宮玄馬を追おうとした川村の前に聡四郎が立ちはだかった。

「行かさぬ」

「くっ」

構えの乱れも気にせず、川村が太刀を振った。

聡四郎はやすやすとかわした。

「剣は心気による。乱れた気では、勝負にならぬ」

「覚えておれ」

言いすてて川村が社の背後へと駆けていった。

聡四郎はじっと耳を澄まして気配を探った。

「もうよいぞ」

川村の気が完全に消えたのを確認して、聡四郎が言った。

「殿」

大鳥居の陰から大宮玄馬が出てきた。

「知っていたでしょうに」

川村ほどの忍となれば、大宮玄馬がそこに潜んでいることなど、わかっているはずであった。

「だから、見逃してくれたのよ。我らが本気で修験の剣を世間に広める気がないと読み取ったからな。いわば流派を人質にしたようなものだ。気は進まぬが、命には代えられぬ」

聡四郎は、太刀を鞘に戻した。

「痛み分けにしてくれたのだ」

剣の腕でははるかにおよばぬことを聡四郎はわかっていた。

「黒覆面の男といい、今の紀州家玉込め役といい、世には隠れた遣い手がまだまだいるものよな」

「その二人ともに敵でございまする」

感嘆の声を漏らした聡四郎に大宮玄馬があきれた。

「そうであったな。少し修行をやりなおさねばならぬ。剣の傷か。なんのことかつかむぐらいのことはしておかねばならぬな」

聡四郎は真顔になった。

三

帰宅した聡四郎を出迎えた紅は、すぐに剣気を察知した。

「また、やったのね」

書院で着替えを手伝いながら、紅が嘆息した。

「危ないことはやめてと頼んでも無駄だとわかっているから言わないけど。死に場所は考えて」

「ああ」

帯を締めながら、聡四郎は首肯した。

「そうそう」

袢を乱《みだ》れ箱《ばこ》へと納めた紅が、思いだしたように言った。

「なんだ」

用意された夕餉の膳の前に腰をおろしながら、聡四郎が訊いた。膳の上には鯊《はぜ》と大根の煮付けがのせられていた。

「預かってたの。これ」

部屋の隅に置いてあった細長い木箱を、紅が差しだした。

「これは刀箱ではないか」

見たとたん、聡四郎は声をあげた。

「箱が古いからかなり昔のものだと思うけど。紀伊国屋文左衛門があんたにって」

「紀伊国屋文左衛門だと」

聡四郎は、急いで箱を手もとに引き寄せた。

紀伊国屋文左衛門とあらためて敵対することを宣言してきた聡四郎である。ものを贈られるとは思ってもいなかった。

「持ってきたのは使いの人だったけど、口上《こうじょう》があってね」

「口上か」

聡四郎が手を止めた。

「いい。ご愛刀をご破損とのこと、人づてにうかがい申し候《そうら》えば、家伝の古刀をお遣いいただきたく、無礼を承知のうえにてお贈りつかまつりまする。なにとぞ、御受納のほどお願い申しあげまする。だそうよ」

紅が伝えた。

紀伊国屋文左衛門との話しあいを聡四郎は紅に伝えていない。聞いていたなら、紅の気性である。使いの者に刀を突っ返していたはずだった。

「そうか。紀伊国屋文左衛門がそんなことを」

しみじみと聡四郎は首肯した。

紀伊国屋文左衛門に聡四郎は、奇妙な感情を持っていた。憎むべき強敵であるが、どこか惹かれあっていた。

「どうするの。返す」

受けとりを拒否するのかと紅が尋ねた。

「いや、もらっておこう」

首を振って、聡四郎は箱を開けた。

なかから黒漆に塗られた武骨《ぶこつ》な拵《こしら》えの太刀が出てきた。出てきた刀を鞘走らせて聡四郎は目を見張った。

太刀よりも二寸（約六センチ）ほど長く、厚みは普通の倍以上あった。また刀身には白研ぎがかけられていた。

「胴太貫《どうたぬき》、いや、違う。これは大太刀《おおだち》」

聡四郎が震えた。

大太刀とはその名前のとおり、戦場で遣われた長く厚重ねの太刀のことである。

普通の太刀のように髪の毛を吹いただけで両断するような切れ味は持たないが、甲冑を割っても刃こぼれしないと言われていた。

「……そういうことか」

紀伊国屋文左衛門は聡四郎に永渕啓輔を倒す手段を与えたのだ。それは己の命運を断つのは聡四郎だと告げたにひとしかった。

「気に入ったなら、もらっておけばいいけど。で、お返しはどうするの」

興味のない紅にとって、太刀のことなどどうでもよかった。

「なにもせぬ。紀伊国屋の求めるものはわかっておる」

表情を締めて、聡四郎は太刀を鞘に納めた。

大太刀は数も少なく、かなり高価であった。ましてや厚重ねともなると百両では買えなかった。

「かたじけない」

すなおに聡四郎は太刀と紀伊国屋文左衛門の覚悟を受けとった。

「じゃあ、あたしは帰るね」

聡四郎が食事を終えるのを待って、紅が言った。

「気をつけてな」

聡四郎の見送りを受けて、紅が出ていった。

翌日、聡四郎はいつもより半刻（約一時間）早く屋敷を出ると、その足で日本《にほん》橋《ばし》二丁目の表通りをはずれた長屋に研ぎ師を訪れた。

「定寸《じようすん》まで詰めてくれぬか」

聡四郎が頼んだ。

「これだけの逸品《いつぴん》を。もったいない」

ため息をつきながらも、研ぎ師が太刀を預かった。

「縮めねば、帯びることはできぬからな」

しかたがないと聡四郎は首をすくめた。

定寸とは幕府の定めたものである。

三代将軍家光のころ、地につくほど長い刀を、傾《かぶ》き者《もの》が好んで身につけていた。それを遣った傾き者同士の争いに業《ごう》を煮やした幕府は、太刀を二尺八寸（約八五センチ）までと決め、大太刀を禁じた。

「誰も測りはしやせんよ」

研ぎ師はすでに幕法が形骸となっていると告げた。

「役目柄、反するわけにはいかぬのだ」

聡四郎は首を振った。

「銘を拝見」

研ぎ師が拵《こしら》えをはずして、茎《なかご》を確認した。

「無銘でございますな。手入れはちゃんとされてきておりまするが、かなり遣いこんでありまする。茎に疲れがあるようで」

「折れることはないか」

聡四郎は、身を乗りだした。

「この大太刀がで」

訊かれた研ぎ師が啞然とした。

「江戸城の石垣に斬りつけたところで、折れることはございませんよ」

みょうな保証を研ぎ師はした。

「茎を詰めて、目釘《めくぎ》穴をずらし、鍔元《つばもと》の刃を二寸（約六センチ）ほど落としますが……」

大太刀をていねいに、研ぎ師が眺めた。

「反《そ》りはいかがいたしましょう。長さを詰めたなら、少し反りが強くなりますが」

研ぎ師が問うた。

「反りを変えれば、拵えもやりなおさねばならぬな」

「はい」

言われた研ぎ師がうなずいた。

反りは鞘からの抜きやすさや、食いこんだときの滑りなどに大きくかかわっていた。

「ふうむ」

居合いをたしなむわけではない聡四郎に、反りの意味はあまりなかった。

「慣れるまでが苦労か」

反りが強いと、太刀先の出が、ほんのわずか遅れる。

「近年、お旗本衆は、反りの強い刀を武骨と嫌われるようでございますが」

研ぎ師が苦笑いをした。

戦いがなくなり戦場での功が消えた。武より文での出世が目立つようになると、旗本のなかから剣術を学ぼうとせず、刀を無用の長物と公言する者も出だした。

「いや、このままで行こう。遣ってみて気に入らねば、変えてもらおうか」

「よろしゅうございまする」

頭をさげる研ぎ師に、前金を支払って、聡四郎は店を出た。

絵島騒動が落ちつきを見るまで大奥へかようことを控えていた間部越前守のもとに、月光院からの使いが来た。

「相談いたしたきことあれば、参してくれるように」

大奥の御使番《おつかいばん》は、大仰な文箱《ふばこ》にたった一行だけの手紙を入れて、表御殿までやってきた。

「承りましてございまする」

老中格を与えられているとはいえ、将軍生母の呼びだしとあれば拒むことなどできなかった。間部越前守は、満足そうな御使番を帰して苦い顔をした。

「今少し辛抱《しんぼう》できぬのか。まこと女というものは度《ど》し難《がた》い」

家継の相手を小姓組《こしようぐみ》に任せて、間部越前守は大奥へと向かった。

表から大奥へ行くには御鈴《おすず》廊下を通らぬかぎり、御広敷を経由しなければならなかった。

絵島の一件前なら、誰はばかることなく御鈴廊下を渡ったが、さすがに今は他人目もきびしい。間部越前守は遠回りを余儀なくされた。

「越前守さま」

御広敷に入った間部越前守の前に、御広敷伊賀者組頭柘植卯之《つげうの》が平伏した。

「……どの面《つら》さげて、儂の前に」

あたりをはばかって抑えてはいたが、間部越前守の声には明らかな怒りがあった。絵島のこと、御広敷伊賀者がしっかり刻《とき》を見ていれば防げた。

「お怒りは重々承知いたしております」

柘植卯之が、額を床に押しつけた。

「御広敷伊賀者組を潰される前に、我が前から消え去れ」

吐きすてるように言って、間部越前守が立ち去りかけた。

「御広敷に属する伊賀者九十六人、いえ、四人欠けて九十二人は、血の盟約に結ばれております。なにがあっても越前守さまに背《そむ》くことはございませぬ」

額を床に押しつけて柘植卯之が断言した。

「……まことか」

「どうぞ、今一度ご信用を」

しぼり出すような声で、柘植卯之が告げた。

「わかった。次はないぞ」

間部越前守も手駒を失う愚は十分に理解していた。怒ってみせたのは形だけであった。

「ありがとうございまする」

より深く平伏し、礼を述べた柘植卯之が、少しだけ顔をあげた。

「越前守さま、ようやくあの日、我が組うちの者を討った敵が知れましてございまする」

「なにっ」

柘植卯之の話に、間部越前守が足を止めた。絵島一行の門限破りの一因となったのは、警固と土圭掛《かか》りを兼ねていた御広敷伊賀者の行方不明であった。

「誰じゃ」

「伊賀者を殺せる者はおりましょうが、その死体を隠すことのできる者はただ一人」

「申せ」

間部越前守が結論を急かした。

「黒鍬者のみ」

重い声で柘植卯之が告げた。

「黒鍬者だと。道の掃除をするだけの能しかない輩ではないか」

柘植卯之の答えを聞いた間部越前守が驚愕した。

黒鍬者は若年寄支配の小者《こもの》であった。十二俵一人扶持で、身分も武士ですらない中間《ちゆうげん》あつかいであり、腰に木刀を差すことしか許されていなかった。また袴や足袋《たび》を身につけることもできず、寒中でも毛臑《けずね》を出して江戸城の掃除、軽修理などをおこなっていた。

その黒鍬者が表に出たのは、五代将軍の世であった。黒鍬者小谷権兵衛《おたにごんべえ》の娘、お伝《でん》が綱吉の側室となり、鶴姫と早世した徳松を産んだのだ。

綱吉の死後、お伝の方は、落髪して二の丸に隠棲《いんせい》したが、実家の小谷家はその引きのおかげで旗本となっていた。

「堀田将監《ほつたしようげん》か」

小谷権兵衛は、改名して堀田将監と名のっていた。

「息子が博打場で殺されるという失態をなし、世間から消えたと思っていたが」

間部越前守が、不快そうな表情を浮かべた。

妹が将軍の側室になったことが兄の運命を狂わせた。降って湧いた金と権力に惑わされ、おとなしかったお伝の方の兄権太郎《ごんたろう》は身を持ち崩し、地回りに落ちぶれた。

息子の行状《ぎょうじょう》が娘におよぶことを懸念して、権兵衛は権太郎を勘当《かんどう》した。小谷家の籍から抜かれてすぐ、権太郎は博打場の喧嘩で御家人小山田弥一郎《おやまだやいちろう》に殺された。さいわい勘当していたのでその累は一族におよばなかったが、兄を殺されたお伝の方の恨みは深く、小山田追捕《ついぶ》を綱吉に願った。

愛妾《あいしょう》の頼みに、綱吉は謀反人《むほんにん》あるいは主君殺しでなければおこなわれることのない人相書《にんそうがき》つきの手配書を全国に配り、小山田を捕らえた。

小山田は博打場での殺害ではなく、将軍家世継ぎ外伯父殺しという重罪をもって裁かれ、獄門磔《ごくもんはりつけ》になった。

「執念深い女とは知っていたが……」

間部越前守が、苦い顔をした。

綱吉が亡くなったあと、お伝の方は、落飾して瑞春院《ずいしゅんいん》と名のり、江戸城二の丸大奥で静かに余生を送っているはずであった。

「瑞春院と美濃守吉保は、今でも交流があるという」

思いだしたように間部越前守が柘植卯之を見おろした。

「美濃守だな。将軍家ご生母さまのご信頼厚き大奥年寄を罠にはめる。そんなことをしでかすだけの肚があるのは他におらぬ」

「はっ。ご明察《めいさつ》のとおりでございまする」

露骨な追従を柘植卯之が口にした。

「黒鍬者頭藤堂二記《とうどうふたき》が、茅町の中屋敷へ入るのを見届けましてございまする」

確信を持って柘植卯之が告げた。

「でかしたぞ。ようやく尻尾を出しおったか、美濃め。上様お代替わりとともに、身を退いたのはやはり見せかけであったか」

手のひらを返すように、間部越前守が柘植卯之を褒めた。

「絵島がことで大奥における月光院さまのお力は陰り、代わって浮いてきたは、先の上様が正室天英院と老中阿部豊後守。つまり、美濃守と天英院は繋がっておる」

六代将軍家宣によって引きたてられ、その子家継を権力のよりどころにしている間部越前守である。家宣、家継とその生母月光院以外は、敬慕《けいぼ》の対象ではなかった。

「おそらくは」

間部越前守の推測に、柘植卯之がうなずいた。

「美濃守と申さば、綱吉が悪政を助け、天下を大いに乱した奸物《かんぶつ》。その後始末のために家宣さまは、なさりたいこともできず、ただ心労のうちに亡くなられた。いわば、家継さまにとっては親の仇。その仇と手を組むなど、いかに家宣さまの正室といえども許されることではない」

本来、大奥の全権は家宣の正室である天英院が握るべきであった。しかし、現実は将軍生母である月光院に人は集まっていた。目の前の敵を排除するために、かつての仇と手を組むことは、大奥でなくともよく見られた。

「仰せのとおりで」

柘植卯之も同意した。御広敷伊賀者は、将軍生母の権を頼り、月光院の配下となっていた。

「うまくいけば、大奥のなかを盤石《ばんじやく》にできる。いや、御用部屋も我が手に」

権力者にふさわしい貪欲な表情で、間部越前守が述べた。

「堀田を捕らえましょうや。ひそかに拉致《らち》し、伊賀の責め問いにかければ、すべてを白状いたしましょう」

忍の拷問《ごうもん》は身体に目立つ傷をつけないが、全身の骨を指先から砕いていく壮絶《そうぜつ》なものである。耐えることはできなかった。

「いや待て。もう少し証を集めねばならぬ」

ことを起こすかと訊いた柘植卯之を、間部越前守が止めた。

相手は前将軍家宣の正室、名前だけとはいえ、大奥の支配者である。さらにその後ろには五代将軍綱吉の愛妾も元大老であった柳沢吉保も控えていた。一つまちがえれば、いかに現将軍家継の傅育役といえども、ただではすまなかった。

「では」

うかがうように、下から柘植卯之が見あげた。

「うむ。金はいくらでも遣ってよい。人もな。みごと証をつかんだならば、先だっての失策は帳消しにしてくれる」

「かたじけのうございまする」

ふたたび柘植卯之が額を床に擦りつけた。

四

御広敷から大奥へ入った間部越前守は、雰囲気が変わっていることに気づいた。

今まで間部越前守にそそがれていた畏敬《いけい》の念が、ほとんど感じられなくなっていた。

すれ違う女中たちもかつてのように足を止めてていねいに頭をさげる者は減り、代わって間部越前守を避けるように顔をそむけ、礼をすることなくやり過ごすことが多くなった。

「人の心の移ろいやすさか」

間部越前守が苦笑した。

「だがな、儂は負けたわけではないのだ。家継さまは我が手にある。家継さまがお一人立ちなさるころには、儂は老中筆頭どころか大老になっておる。かつての美濃守をしのぐ権勢をもってな」

そそくさと足早に去っていく女中の背中に、間部越前守がつぶやいた。

影響は月光院の局にもあらわれていた。我がもの顔に大奥を闊歩《かっぽ》していた月光院付きの女中たちが、伏し目がちで覇気をまったくなくしていた。

「越前守さま、月光院さまがお待ちでございまする」

幽閉されている絵島の代わりを務める中臈が出迎えた。

「うむ」

間部越前守は、首肯だけしてなかへ入った。

「おお、おお。越前、待っていたぞ」

局奥の間では月光院が一人わびしく座っていた。

「ご生母さまには、お変わりもなく、越前守お慶び申しあげまする」

決まりきったあいさつを間部越前守が述べた。

「変わりないわけなかろうが」

月光院が機嫌の悪い顔で応えた。

「見よ、我が身の世話をする者どもの数を」

言われて間部越前守は、あらためて局のなかを見回した。明らかに女中の数が減っていた。

「終生勤めの者どもは、さすがに宿下がりもできぬが、御末《おすえ》どもは遠慮なく親元へ戻りおる。あれほど目をかけてやったというに」

「下働きの者が……」

間部越前守は、月光院の不満の一つに気づいた。

大奥へあがれるほどの家柄、御目見得以上の旗本が娘は、炊事洗濯、縫いものなどをしたことがなかった。

これらの雑用は御家人の娘、もしくは商家の娘で、大奥へあがったことを箔《はく》として嫁へと考える者たちの仕事であった。

なかには月光院の権力にすがって、幕府御用達の看板を手に入れたい商家や、小普請組から抜けだしたい御家人、旗本の娘もいた。

己の昔を見るようだと、月光院はこのような者でも心きいていれば目をかけ、できるだけ親元を引きあげてやっていた。

公家の娘として生まれ、将軍と婚するため関東へ下った天英院が江戸の女を田舎者とさげすみ、京からついてきた者だけを重用したのに比べ、こうした気遣いのできる月光院は下働きの女中たちにも慕われていた。

その下働きたちが、月光院の失墜を見越して、次々と大奥から去っていた。

「それだけでも心細いというに、そなたはあれから大奥へ姿を見せてはくれぬ。幼き将軍家を抱え、どうしてよいのやらと心細く、毎日を泣き暮らしておったのだぞ」

月光院が袖で目尻を押さえた。

「申しわけございませぬ」

まず間部越前守はていねいに詫びた。

「しかし、このようなおりならばこそ、わたくしと月光院さまの間は清廉《せいれん》でなければなりませぬ。敵につけこまれる隙を与えるわけには参りませぬ」

「そなたは、わらわのことがいとわしくなったのか」

恨めしそうな目で、月光院が間部越前守を見た。

「そのようなことはございませぬ。月光院さまをお慕い申しあげておりまするが、ときが悪うございまする」

言葉を尽くして説得しようとした間部越前守だったが、不安に押し潰されそうになっている月光院には無駄であった。

「ならばなぜ、わらわのもとへ手紙一つくれなんだのか」

さらに言いつのる月光院に、間部越前守は嘆息した。

「皆の者、遠慮いたせ」

間部越前守は、他人払いを命じた。

絵島がいれば、間部越前守にこのようなことを口にはさせなかった。ころあいを見て、一同をいざなって隣室へと退いていった絵島の気働きを間部越前守は懐かしく感じた。

「さがりや」

急に喜色《きしょく》を浮かべて月光院も命じた。

ぞろぞろと女中たちが退席し、隣室との襖が閉じられた。

「近《ちこ》う参れ」

「…………」

月光院の招きに、間部越前守は無言で従った。

小半刻《こはんとき》(約三十分)ほどのち、間部越前守は荒い息をついている月光院の隣で身支度を調《ととの》えながら、話をした。

「絵島を死罪から救うのが精一杯でございました」

「よ、よくぞしてくれたぞ。なれど、大島への遠島は女の身には辛かろう。もう少しなんとかしてやってくりゃれ」

間部越前守の苦労も知らず、月光院はさらに要求した。

「絵島はわらわと上様によく仕えてくれた。たかが門限に間にあわなかっただけで遠島とは、あまりにきびしい。のう、越前、なんとか江戸追放ぐらいにしてやってはくれまいか」

「難しゅうございまする。やってはみまするが……」

まず無理だろうと間部越前守は、首を振ることで伝えた。

「頼みおくぞ」

気怠《けだる》そうに月光院が身体を起こした。細い身体には不釣りあいな乳房が揺れるのから間部越前守はさりげなく目を逸《そ》らした。

「それよりも、ご生母さま」

袴を着け終わった間部越前守が、居ずまいを正した。

「天英院さまのもとに人を入れてはおられませぬか」

「……越前」

問われた月光院の瞳が光った。

「それを訊いてなんとする」

「伊賀者だけでは、不足でございまする」

間部越前守が、柳沢吉保と天英院のことを語った。

「おのれ美濃」

月光院の形相が変わった。

「そうであったか。わらわを大奥から追いだし、幼き上様から将軍の座を奪おうとは。許さぬ」

真っ赤になって月光院が激した。

「どうぞ、ご生母さま、落ちつかれませ。まだそうと決まったわけではございませぬ。その疑いがあると御広敷伊賀者が報せて参りましただけで」

「なるほどな。越前、そなたは天英院と柳沢吉保のかかわりを探しておるのだな」

「さようでございまする」

月光院の言葉に、間部越前守が首肯した。

「女ならばこそ訊きだせることもございましょう」

下卑た笑いを間部越前守が浮かべた。

男子禁制の大奥である。女同士の交接は盛んであった。秘密が漏れるのは、いつも睦言《むつごと》からである。男女だけでなく、女同士でもそれは同じであった。

「わかった。探らせよう」

うなずいた月光院だったが、間諜《かんちょう》として送りこんでいる女中の名前は明かさなかった。

「では、よろしくお願い申しあげまする」

間部越前守が立ちあがった。

「もう行くのか」

ふたたび月光院が女の顔になった。

「まもなく七つ（午後四時ごろ）、大奥の七つ口が閉じまする」

ゆっくりと間部越前守が首を振った。

かつて大奥に泊まり続けていた間部越前守だったが、それを許される状況ではなくなっていた。

「門限など気にせずともよいではないかと言えぬことが、口惜しい」

「しばしのご辛抱でございまする。上様が名実ともにご成人あそばされたおりには、きっと」

「わらわも大奥を出られるのじゃな」

弾んだ声で、月光院が言った。

「はい。どこぞにお気に入りのお屋敷をお建て申しまするゆえ、そちらへお移りになれましょう」

「そうなれば、そなたも気兼ねなく、泊まることができるの」

「はい」

にこやかにほほえみながら間部越前守がうなずいた。

お役に就いている者、あるいは譜代名門の大名といえども、江戸城では決められたところ以外に行くことは許されていなかった。

例外が城中の雑用をこなす御殿坊主と、監察の任を持つ大目付、目付、徒目付、そして勘定吟味役であった。

新井白石の目を避けるように内座を離れた聡四郎は、江戸城の複雑な廊下を何度も迷いながら進んだ。

「お坊主どの」

行きかう御殿坊主を捕まえては、今いる場所を教えてもらいながら、ようやく聡四郎は目的地に着いた。

「ここが大廊下か」

聡四郎は大廊下下の間の襖に手をかけた。

大廊下は上の間と下の間に分かれていた。聡四郎は下の間の襖を開けた。

「誰じゃ」

不意に入ってきた見慣れぬ旗本に、下座に腰をおろしていた大名が声をかけた。

大廊下下の間下座にいるのは、上野《こうずけ》矢田《やた》藩一万石、従四位下侍従《じじゅう》松平《まつだいら》越前守信清《のぶきよ》であった。

上野矢田藩松平家は特殊な成りたちを持っていた。矢田藩の祖は京の公家鷹《たか》司《つかさ》家の出であった。招かれて江戸に下った関白《かんぱく》鷹司信房《のぶふさ》の息子信平《のぶひら》が、三代将軍家光から千俵与えられて始まった。

正室が鷹司家から来たこともあって、五代将軍綱吉の寵愛を受け、一万石に加増、城中の座を大廊下下の間襖際に引きあげられた。

寵愛深き者は、将軍代替わりで没落していくのが普通であったが、なぜか鷹司松平家は、家宣からも信頼があり、その座を失うことはなかった。

「勘定吟味役、水城聡四郎でございまする」

廊下でていねいに手を突いて聡四郎は名のった。

「お勘定吟味役どのが、大廊下に何用じゃ」

たかが五百五十石とはいえ、御上の役人である。役職に敬称がついた。

「御用にて参りましてござる。御詮議《せんぎ》ご無用」

重ねて問う松平越前守に、聡四郎は告げた。

「……御用とあれば、いたしかたなし」

御家門大名といえども、御用と言われれば引っこむしかなかった。

小声とはいえ、そのようなやりとりをかわしていたのだ、一座の注目は聡四郎に集まっていた。

「水城ではないか」

近づこうとした聡四郎の先手を打つように、徳川吉宗が声をかけた。

「ご存じよりの者でございますか」

松平越前守の顔から険しさが消えた。

「うむ。越前どのには、お気遣いをいただいたの」

吉宗が松平越前守をねぎらった。

紀州家と松平とは親戚筋になる。鷹司信平の妻が紀州家初代頼宣の娘だった。さらに矢田藩松平家二代信正《のぶまさ》は頼宣の娘から生まれた嫡子であり、信清は吉宗の従兄弟《いとこ》の子供と血縁であった。

「近くに参れ。いや、儂が行こう」

聡四郎を手招きした吉宗が、腰をあげた。

「大廊下で話をな」

さっさと吉宗が襖を引き開けて出た。続いて聡四郎も大廊下下の間を離れた。

御三家以外用のない大廊下に人影はなかった。

大廊下に沿って並ぶ上の間、下の間から離れたところで、吉宗は足を止めた。

「屋敷ではなく城中で余に会いたいとは、なにがあった」

前置きもなく吉宗が問うた。

「権中納言さまのご命でございまするか」

聡四郎は詳細を語らず問うた。

「余の命かだと……なんのことだ。いや、待て。そうか、仁右衛門よな」

吉宗がすぐに気づいた。すっと吉宗の目が細められた。

「なぜかは知らぬが、川村はそなたのことを気に入らぬようじゃ。命じたわけではないが、家臣のしたことは藩主の責。すまぬ」

吉宗が頭をさげた。

「無事でござったので、どうぞ、お気遣いなく」

謝罪を受けて、聡四郎が首を振った。

「ところで何用じゃ。そなたのことよ、これだけでは、余のもとに参るまい。まあ、用がなくてもかまわぬがの。あんな窮屈な部屋で座り続けていることを思えば、はるかに気がまぎれる」

首を左右に曲げて、吉宗が大きく息を吸った。すでに吉宗の表情は普段のものに戻っていた。

「一つおうかがいいたしたきことがございまする」

あたりをはばかった声で、聡四郎が言った。

「申してみよ」

「八代さまになられるお方は、権中納言さま以外にどなたがおられましょう」

最初から吉宗を勘定に入れていると告げながら、聡四郎は問うた。

「ふん」

吉宗がちょっと目を見開いた。

「どうやら、またぞろそなたにちょっかいを命じたようじゃな、新井筑後守は。懲《こ》りぬ男よ。引き際を知らぬようでは、武士といえぬ」

すぐに吉宗が事情を見抜いた。

「表向きの話は、そこらの坊主に訊けばいい」

幕府の噂にもっとも詳しいのは、城中諸役の控え室にでも出入り勝手を認められている御殿坊主であった。

「そなたの知りたいのは、裏であろう」

吉宗が重い声を出した。

「聞いてしまえば、後戻りはできぬぞ」

将軍継承の闇に引きずりこまれる覚悟はあるのかと、吉宗の瞳は聡四郎に問うていた。

「はい」

応えた聡四郎の目つきに、吉宗が満足そうにうなずいた。

「ご当代さまに万一があったおり、お世継ぎなくば、八代将軍となるのは、余じゃ」

自信に満ちた口調で吉宗が宣言した。

聡四郎も首肯した。

「そのことは承知しておりまする」

将軍に仕える旗本として考えてはならぬことであるが、聡四郎も幾多の戦いをこえて、きれいごとだけで世のなかは回っていかないと知った。

また、天下を平穏におくためには、醜いことも知り、すさまじきものから目を離してはならないとも悟っていた。

「ほう」

意外そうな顔で吉宗が聡四郎を見た。

「すんなりと認めたの」

「将軍を継承されるにあたり、お血筋が大事とわかっておりまするが、それよりもご素質こそ肝腎《かんじん》と理解いたしましてございまする」

五代将軍綱吉、六代将軍家宣、そして七代将軍家継と三代にわたって治世を見てきた聡四郎は、ようやくその意味がわかった。

「世辞ではなさそうだの」

吉宗の表情も引き締まった。

「そのわけを聞かせよ。さすれば、余も答えてやろう」

うながされて、聡四郎は口を開いた。

「申すもはばかりあることながら、綱吉さまのご治世はよいものではございませなんだ。生類憐《しょうるいあわれ》みの令《れい》のみならず、小判の改鋳《かいちゅう》、多すぎる作事《さくじ》などで幕府の金蔵は干上がりましてございまする」

「たしかにの」

吉宗にも異論はなかった。

「その後を継がれた家宣さまは、儒学を鑑《かがみ》とした治世をなさろうとされるほどのご英邁《えいまい》なお方でございました。惜しむらくは綱吉さまの後始末だけで寿命を迎えられてしまいましたが、幕政は落ちつき、庶民の暮らしもおだやかに戻りましてございまする」

「家宣が名君だとの意見には文句もあるが、まあよい。先を続けよ」

「そしてご当代家継さまでございまする。家継さまは元服なされたとはいえ形だけでしかなく、そのご治世はまだおこなわれてはおりませぬ。代わって側近たるお方が政を執《と》られておりまするが、あいかわらず幕府の蔵には金がなく、またもや小判の改鋳をいたそうとのご意見が出ているやに聞きましてございまする」

疎外されているとはいえ、聡四郎は勘定吟味役である。小判改鋳ほどの大ごととなるとさすがに耳に入ってきた。

「改鋳か。馬鹿なことを」

鼻先で吉宗が笑った。

「二枚の小判を三枚にして金蔵の在庫を増やそうなど、浅はかにもほどがある。枚数は増えても、そのすべての小判に使われている金の量は変わっておらぬ。米がないからと、飯を粥にしたようなもの。ひととき腹《ふく》は膨れても、すぐに減る」

御殿ではなく、身分の低い家臣の家で育っただけに、吉宗の比喩《ひゆ》は生活に密着していた。

「ご賢察《けんさつ》でございまする」

聡四郎は吉宗が金のことに詳しいと感心した。

少し考えれば、子供でもわかりそうなことなのだが、それを幕府の老中や勘定奉行といった重職にある者が気づいていないのだ。

いや、わかっていて気づいていないふりをしているのかもしれなかったが、それは政にたずさわる者としての素質に欠けているとの証であった。

断じて事を成し、責は己が受ける。それこそ幕政を担う者の資格である。あとで、わからなかったとか、予想もつかなかったなどと逃げるのは、天下を左右する権を与えられた者が決してしてはならぬことなのだ。

「今の老中若年寄の多くは、己の地位を守ることに汲々《きゅうきゅう》とするだけの小物ばかりではないか。将軍の補佐をすべき者がこのようなればこそ、幕政は滞るのだ」

「はい」

「勘定にしてもそうよ。金は勝手に増えてくれぬ。努力して増やすのだ。入るを量るもたいせつだが、まず御上がせねばならぬのは無駄な費《つい》えをなくすことだ。出ていくものを減らさぬかぎり、幕府の蔵に金は残らぬ」

吉宗は藩主になってから率先して木綿ものを身にまとい、一汁一菜を続けてきた。藩主自らの倹約となれば、藩士も従わざるを得なかった。こうして紀州藩は破綻《はたん》しかけていた経済を立てなおし、和歌山城と江戸屋敷にそうとうな金を積みあげるまでにいたっていた。

「金の遣い方を知らぬ田舎者でございますよ」

かつて紀伊国屋文左衛門は、吉宗をそう酷評し、将軍の器ではないと断言した。

紀伊国屋文左衛門の言いぶんもわかるが、今の幕府にある者を見てとれば、吉宗以上の人材は見あたらなかった。

「やはり勘定吟味役よな」

吉宗が聡四郎を正面から見た。

五尺七寸（約一七三センチ）近い聡四郎を見おろすほど吉宗は立派な体軀《たいく》をしていた。

「金のことしか見ておらぬ。役目を果たすには十分なのだろうが、もう少し考えを拡げねば、上に立つ者となることはかなわぬ。まあ、その役目さえまともにできぬ輩が幕府には何人いることか。それを思えば、そなたは上等の部類であるな」

褒めているのかけなしているのかよくわからない表現で、吉宗が聡四郎を評した。

「やや不足だが、よかろう。そなたの質問の答えを聞かせてくれる」

「…………」

真剣な吉宗の顔に聡四郎は声を失った。

「今すぐ、いや五年以内に将軍継承があったとしたならば……」

吉宗が言葉を切った。

「その座を争うことになるのは二人」

「お二人だけでございまするか」

その少なさに、聡四郎は驚いた。

御三家だけで当主は三人いるのだ。他にも家康の次男を祖とする越前松平家など親藩《しんぱん》もある。それを吉宗ははなから勘定に入れていないと言った。

「そう。一人は余じゃ。そしてもう一人は……」

「もう一人は……」

おもわず聡四郎は息をのんだ。

「五代将軍綱吉どのが忘れ形見、柳沢甲斐守吉里よ」

「なんと……」

吉宗の口から出た人物の名前に、聡四郎は絶句した。

第五章　崩壊の兆し

一

茅町の中屋敷で、柳沢吉保が怒りに震えていた。

「あれほど手出しをいたすなと念を押したであろう。おのれは儂の言うことが聞けぬと申すのだな」

「申しわけありませぬ」

一つ離れた下の間の隅で、柳沢吉保の怒声を受けているのは永渕啓輔であった。

「師が幽冥《ゆうめい》に籍を移したに比して、入江無手斎は傷を負ったとはいえ、生きのびております る。このまま見過ごせば師三十年の苦節が無に帰しまするる」

必死に永渕啓輔が言いわけをした。

柳沢吉保は、永渕啓輔が聡四郎と刃をかわしたことを知っていた。

「たわけめ。剣術の師がどれほどのものぞ。永渕、おまえが剣の修行云々《うんぬん》などと口走ることができるのは、儂が禄をやっていたからであろう。喰えたからこそ剣に打ちこめた。違うか。明日の米を心配せねばならぬ者が、師の人生がどうであったかなど考えるはずないであろう」

「仰せのとおりでございまする」

言い返されて永渕啓輔は平伏した。今でこそ御家人であるが、永渕啓輔はもとは柳沢吉保に引きたてられた甲府藩士であった。

「そなたは剣士か、それとも武士か」

「武士でございまする」

問われて永渕啓輔が答えた。

「ならば、忠を尽くすは主君か、それとも剣の師か」

柳沢吉保の追及は続いた。

「主君にすべてを捧げるのが武士でございまする」

永渕啓輔は、顔をあげることもできなかった。

「おまえの主は誰だ。家継か、儂か」

「美濃守さまこそ、我が忠誠の柱」

幕臣に取りたてられても、永渕啓輔は柳沢吉保だけを主と仰いでいた。

「お許しをたまわりとうぞんじまする」

畳に額をおしつけながら、永渕啓輔が詫びた。

「いいや、許せぬ。そなたの顔など二度と見とうないわ。去れ」

額に皺《しわ》を寄せて、柳沢吉保が手を振った。

「殿……なにとぞ」

額を畳にこすりつけながら、永渕啓輔が詫びた。

「もうよろしいではございませぬか。ご大老さまも大人げない」

あきれた顔で紀伊国屋文左衛門が間に入った。

「黙れ、紀伊国屋。商人風情が口出しをすることではない」

柳沢吉保が紀伊国屋文左衛門をにらみつけた。

「忠義にかんして言わせていただくならば、武士も町人も同じでございまする。主と使用人は、主君と家臣に重ねることができましょう」

「武士の心がまえと商人の性根《しょうね》を同列にするな」

血ののぼった赤い顔で、永渕啓輔が憤慨《ふんがい》した。

「永渕さま、なめてもらっては困りますな。商売は命がけでございますよ。一両の金がないために一家心中する者もおりまする。また、明日の米代のために身を売る女もいる。金は、首と同じ。なくなれば終わりなので」

淡々と紀伊国屋文左衛門が言った。

「金、金。なにかあればすぐに金だ。己の卑《いや》しさに気づかぬのか、紀伊国屋。やはり商人に武士の高邁《こうまい》な使命は理解できぬな」

永渕啓輔が、吐きすてた。

「それを言うなら、身ぐるみお捨てなさい、永渕さん」

「なんだと」

あきれた口調の紀伊国屋文左衛門に永渕啓輔が気色ばんだ。

「あなたが普段腰に帯びておられる刀。武士の証でございますな、あれをあなたさまは御自身で鍛造《たんぞう》されたので。今身につけておられる衣服、御自身で綿から栽培されたのでございましょうか」

「なにを極端なことを」

馬鹿なことを、と永渕啓輔が首を振った。

「すべてお代金を出して購《あがな》われたものでございましょう。まさか、斬りとり強盗武士のならいと奪われたなどと」

「たわけたことを言うな」

永渕啓輔が怒鳴った。

「紀伊国屋」

柳沢吉保が口を開いた。

「はい」

「もうよい。怒る気も失せた」

「それはよろしゅうございました」

嘆息した柳沢吉保に、紀伊国屋文左衛門は笑いかけた。

「そちはどう見る」

「さようでございまするな。おそらく水城さまは、永渕さまからご大老さままで思いつくことはございますまい。そこまで気の回る賢いお方ではございませぬ。愚直すぎるほどまっすぐにしか世間をご覧になれないお方」

柳沢吉保の問いに、紀伊国屋文左衛門は語った。

「そうか。水城のことは、そちがよく知っておろうほどに、まちがいはないであろう」

紀伊国屋文左衛門の言葉に小さくうなずいた柳沢吉保が、きびしい声で永渕啓輔に命じた。

「もうよい。呼ぶまで来るな」

「殿」

すがるような目で柳沢吉保を見た永渕啓輔だったが、冷たい態度にあきらめて、下の間から出ていった。

「あまりいじめられては」

「道具は道具らしく、主の手の動きどおりにしておればよいのだ。それを勝手にいたすゆえ、主の手を切ることになる。いかに愛用していた道具とはいえ、錆《さ》びつきがたついたものを遣い続けることはあるまい」

紀伊国屋文左衛門の仲介に、柳沢吉保は冷たく対応した。

「永渕のことはもうよい。それより紀伊国屋」

「はい」

「金を用意いたせ」

「どのくらいご入り用でございましょう」

柳沢吉保の求めに、紀伊国屋文左衛門は質問を返した。

「まず一万両」

「意外と少のうございますな」

金額を聞いた紀伊国屋文左衛門が、ちょっと驚いた。

「まずと申したであろう。あとはまた要に応じて命ずる」

「紀伊国屋は主の隠居とともに店を縮小いたしましたゆえ、あまり大きな額をお申しつけになられても困りまする」

紀伊国屋文左衛門が釘を刺した。

「あと」

布石を打った紀伊国屋文左衛門の話を柳沢吉保は歯牙にもかけず、続けた。

「南蛮《なんばん》渡りの新式鉄炮を五挺《ちょう》」

「無茶なことを」

言われた紀伊国屋文左衛門が、驚いた。

「普通の火縄銃ではいけませぬか」

「たわけが。それならばそちに頼まずとも我が藩に百挺以上あるわ。儂が求めておるのは、戦国から進歩しておらぬ我が国の火縄銃ではない。南蛮で改良を受けた新式ぞ」

「そのようなものがございまするのか」

「とぼけるな」

首をかしげた紀伊国屋文左衛門を、柳沢吉保が叱った。

「そちがひそかに南蛮と交易《こうえき》しておることなど知っておるわ」

柳沢吉保が、じろっとにらんだ。

「鎖国をあれほど愚かと笑っている紀伊国屋文左衛門が、南蛮や清《しん》、朝鮮の事情を調べぬはずはあるまい」

「ご大老さまも人を」

「さてな。儂は噂を聞いただけぞ」

柳沢吉保が、そらとぼけた。

「なんでもメリケンというところで、火縄を使わずに撃つ銃ができているそうではないか」

「…………」

紀伊国屋文左衛門の顔が引きつった。

そのとおりであった。南蛮で開発された火打ち石発火式銃は、かなりの改良を受け、イギリスの植民地であるアメリカ大陸などで使用されていた。そのいくつかを紀伊国屋文左衛門は、琉球《りゅうきゅう》に来航したイギリス商人から購入していた。

このことを知っているのは、紀伊国屋でもごくかぎられた者だけのはずであった。それが柳沢吉保の耳に入っていた。つまり紀伊国屋文左衛門の家人のなかに、柳沢吉保とつうじている者がいる証拠であった。

「琉球には、オランダもエゲレスも来るそうじゃの」

購入した場所さえも、柳沢吉保は知っていた。

薩摩《さつま》藩の支配下にあるとはいえ、琉球は独立した王国である。幕府に朝貢《ちょうこう》はしているが、鎖国の令を守る義理も義務もなかった。それを利用して紀伊国屋文左衛門は、いくつもの国と取引をしていた。

「五挺はむつかしゅうございまする」

知られていると知って紀伊国屋文左衛門は、柳沢吉保に譲歩を求めた。

紀伊国屋文左衛門は火縄のない、雨の日でも撃てるという銃に興味を持って大金をはたいて購入した。

数千両を遣って、手にした南蛮の新式鉄炮は五挺であった。

金ですむならそれでもどうにかなったが、ここ近年イギリスの船が琉球に来航せず、新式鉄炮は手に入らなくなっていた。

「いくつなら出せる」

「二挺でご勘弁を願いまする」

「いや三挺だ。早急に用意せよ。もちろん操作に慣れた撃ち手もな」

紀伊国屋文左衛門の条件を一蹴《いっしゅう》した柳沢吉保は、さらに要求を突きつけた。

「いかに高性能であっても、使い方がわからんでは、宝の持ち腐れだからな」

「はい」

「それに新式とはいえ、一発撃てば次まで手間がかかる。はずれたときのために二の矢三の矢を用意せねばならぬ」

「はあ」

紀伊国屋文左衛門は堂々とため息を吐いた。

「ご大老さま、おうかがいしてよろしいでしょうか」

「なんじゃ」

遠慮がちに切りだした紀伊国屋文左衛門へ、柳沢吉保が顔を向けた。

「どなたを撃たれるおつもりで」

なにを撃つとは訊かなかった。紀伊国屋文左衛門は目標が人だと確信していた。

「ふむ」

一拍だけ柳沢吉保が思案した。

「よかろう。そなたは知っていてもな」

「……………」

紀伊国屋文左衛門は無言で待った。

「鉄炮の的はな、紀州権中納言徳川吉宗よ」

柳沢吉保が告げた。

神田橋にある柳沢家上屋敷奥で、甲府藩主柳沢甲斐守吉里が一人書院に座していた。

貞享四年（一六八七）に生まれた吉里は宝永六年（一七〇九）に藩を継ぎ、現在二十八歳になっていた。

「殿」

天井から低い声が降ってきた。

「一衛《かずえ》か」

「はっ」

静かに天井板がずれ、音もなく影が落ちてきた。

「また父か」

「さようでございまする」

全身柿色の忍装束に身を固めた一衛が首肯した。

「今度はなにをなさるおつもりだ」

吉里が尋ねた。

「新式鉄炮をもって紀州公を」

一衛は柳沢吉保の居室、その天井裏に潜んで一部始終を聞いていた。

「家を潰すおつもりか」

さっと、吉里が顔色を変えた。

幕府は謀反をもっとも怖れていた。そのため江戸へ鉄炮が持ちこまれないよう厳重に規制していた。

江戸では城下で発砲することさえ罪であった。ましてや御三家の当主を狙撃したとあっては、結果の成否にかかわらず、甲府藩は改易、柳沢吉保は斬首、連座で吉里も切腹になる。

「美濃守どのは、そこまでしても殿に将軍となっていただきたいのでございまする」

一衛はみょうな敬称の使い方をした。

「余は、そんな窮屈なものになりたくもないわ」

きっぱりと吉里が拒絶した。

「一衛、そなたもわかっておるであろう。わが真父綱吉公が、なぜに余を大奥から出し、父の手に預けたか」

吉里は綱吉のことを真父と呼んだ。

「はい」

問われた一衛がうなずいた。

「余が元服した日、綱吉公は名の一字をくださりながら、教えてくださったのだ。あれほどまでに欲しかった子をなぜ手放したかを」

「綱吉公は、将軍の辛さを身に染みてご存じでございました」

吉里のあとを一衛が受けた。

「そうよ。幼き家綱公を傀儡《くぐつ》とした老中協議による政を将軍の手に取り返そうと、専横《せんおう》を承知で真父さまはあらゆることをなされた。それはまだ将軍に威のあった父家光公の御世へのあこがれであられた。真父さまはまず堀田筑前守正俊《ほったちくぜんのかみまさとし》を大老として、権力をそこに集中させせられた」

堀田筑前守は、家綱の死後朝廷から宮家《みやけ》を将軍として迎え、従来どおり老中による幕政をおこなおうとした酒井雅楽頭忠清《さかいうたのかみただきよ》を制して、綱吉を世に出した人物であった。

その功績によって堀田筑前守は老中から大老へと引きあげられ、綱吉が将軍となったばかりのころ、絶大な権力を誇った。

「堀田筑前守に権力が集まり、一人によって集団が動かされる状況ができあがったのを見て、真父さまは、堀田筑前守を排除なされた」

「若年寄稲葉石見守《いなばいわみのかみ》を刺客としてお遣いになられた。春日局の養子でしかない堀田筑前守が重用され、孫である己が冷遇されていると思いこんでいた稲葉石見守の妬心《としん》を利用されたた」

一衛が語った。

堀田筑前守正俊は、貞享元年（一六八四）八月二十八日、月次総登城の日、御用部屋から父の従兄弟の稲葉石見守に呼びだされ、刺殺された。また、稲葉石見守もその場で老中たちによって討ちとられた。なんの意趣遺恨《いしゅいこん》による刃傷か不明のまま、ことは稲葉石見守の乱心で終わり、稲葉家の改易で幕を閉じたかに見えた。しかし、当初お咎めなしであった堀田家も、筑前守正俊在職中に曲《きょく》ありとのあいまいな理由で陸奥福島《むつふくしま》へと転封《てんぽう》された。

石高は変わらなかったが、譜代名誉の地で物成の豊かな下総古河《しもうさこが》から雪深く表高の半分も実収のない福島への移動は、堀田家に大打撃を与え、多くの家臣たちが放逐された。そのなかに当時堀田家の儒学師をしていた新井白石もいた。

「すでにできていた一人への権の集中。真父さまは幕政を一手に握られ、思うがままに天下を動かされた。だが、その重さに耐えられなかった。一言で何人もの首がとぶ」

吉里は首を振った。

「ぎゃくもそうだ。将軍が持つ権は外から見るとあまりにも魅力がある。どうにかして手に入れたいと思うのも当然。てっとり早くそうするには、将軍とその跡継ぎを殺せばいい。神君家康さまと血が繫がってさえおれば、いつかは己に順番が来る」

「たしかに」

一衛が同意した。

「天下への責任と、たえず命を狙われている恐怖。真父さまは、我が子にそんな思いをさせたくなかった。だから最後の子供である余を江戸城から出したのだ」

「われら甲州忍をおつけになられて」

一衛は戦国の雄《ゆう》、甲斐の武田信玄《たけだしんげん》が重用した甲州忍の末裔《まつえい》であった。

甲州忍は、金鉱脈を探す山師《やまし》に繋がるという。人跡未踏《じんせきみとう》の峻険な山々を踏破し、隠れている金山を見つけだすために、強靭《きようじん》な肉体とすさまじい集中力を要する山師たちを忍として遣ったのは武田信玄であった。

武田家が滅び、甲州を徳川家が領するようになって、忍たちは主を替えた。徳川家に仕えた甲州忍を家康は二つに分けた。

鉱山開拓の知識と経験を生かして、江戸の町の整備を担わせた黒鍬衆と、独特の体術を身につけた忍衆である。

黒鍬衆は表に出て、小者あつかいながら役人として生き、忍衆は闇へと沈んだ。

甲州忍と黒鍬衆は、同じ出ながら今ではまったく断絶していた。

綱吉は我が子吉里が元服したときに、甲州忍を与え、その身を護るようにと手配した。その頭が一衛であった。

一衛たちは、表向き甲州藩士として勤めながら、ひそかに吉里の身に迫る危機を探り、防いでいた。

「いかがいたしましょう」

一衛が訊いた。

「父には手出しできぬ。かりそめとは申せ、余を慈しんでくれた」

「ならば紀伊国屋を」

「そうよな。紀伊国屋文左衛門さえおらなければ、父は金を手にすることはできぬ。あと徒目付の永渕もじゃ。いつまでも柳沢の家臣面をされては困る。いかに中屋敷とはいえ、何度も出入りしておるところを見られては、痛くもない腹を探られぬともかぎらぬ」

「承知つかまつりました」

ゆっくりと一衛が頭を畳につけた。

「待て。紀伊国屋を排除する前にせねばならぬことがある」

天井裏へ消えようとした一衛を吉里が止めた。

「紀伊国屋に入りこんでいる父の手の者を排し、紀州の吉宗を助けねばならぬ。でなくば、紀伊国屋文左衛門を殺したところで、吉宗が死ねば、父はますます勢いづく」

「まさに」

「かと申したところで、我らが仕業とわかっては困る。早すぎても父はすぐに気づく。さすれば、次の一手は目に見えぬように打たれるであろうからの」

吉里が言った。

獅子身中《しししんちゅう》の虫《むし》は手早く殺すにかぎるが、それはあらたな虫を呼びかねなかった。どこにいるかわかっているなら、虫から目を離さず、その動きを見張っているほうが対処しやすく傷も浅くてすむ。

「おまかせくださいますように」

自信ありげに一衛が請《う》けあった。

二

浅草の長屋に帰った紀伊国屋文左衛門は、老妻相手の夕餉を楽しんでいた。

「これは蜆《しじみ》の煮付けかい。醤油を控えたようだねえ。あまり濃くなくていい」

小さなむき身の貝をつまみあげて、紀伊国屋文左衛門はうれしそうであった。

「蜆は肝の臓をやわらげると言いますからね」

紀伊国屋文左衛門が、まだ紀州の小さな廻船問屋だったころ嫁に来た老妻が言った。

「そんなに酒を飲んでいたかい」

驚いた顔で紀伊国屋文左衛門が、手もとの杯を見た。

「隠居してからのほうが、晩酌の量は増えてますよ」

あっさりと妻が応えた。

「そうか。よくないね。今後は気をつけよう」

叱責されて紀伊国屋文左衛門が、首をすくめた。

「なにかあったので」

紀伊国屋文左衛門の箸遣いを見ていた妻が問うた。

「なあに、人の心は信用できぬと今日ほど思った日はありませんよ」

杯の酒を苦そうに紀伊国屋文左衛門が飲み干した。

「おまえさまが、そんなことを口にするようになっては、もう終わりだねえ」

妻がしみじみと言った。

「商売は必死。命を賭けてお金を奪いあう戦だ。戦場では卑怯《ひきょう》も未練もない。負けたほうはすべてを失うのが決まり。騙《だま》す者が強く、騙される者が弱いのだと豪語していたんじゃなかったのかい」

糟糠《そうこう》の妻は、江戸一の豪商にも遠慮はなかった。

「そのとおりなんだがねえ。立ちはだかる者には遠慮なく鉄槌《てっつい》をくだしてきたが、奉公人たちには気配りをしていたつもりだった。寝返られては困るからねえ。給金を倍出し、旅に出るときは一流の旅籠《はたご》を使わせ、食事も一汁二菜とよそさまのあつかいとは雲泥《うんでい》の差をつけてきたが、落ち目になるとほころびが出てくる。本当に隠居する日が来たのかもしれないねえ」

しみじみと紀伊国屋文左衛門が嘆息した。

「ここに引っこんだとき、きっちり消えておけばよかったんだよ。それをみような未練を出すから」

「なかなか簡単にはいかないんだよ。いろいろしがらみもあるし、なにより百万両の金をそのままにもできやしないだろ」

ため息をつく妻に、紀伊国屋文左衛門が苦笑した。

「夫婦二人、子供もないんだよ。これから二十年生きたとして、三百両もあれば十分じゃないか」

浅草の長屋は場所や造作で違うが、ちょっとしたところで月払いの家賃で三百文《もん》であった。歳末の節季《せっき》ごとに一分《ぶ》の礼金を慣例として支払わねばならないが、一年になおすと銭で五千百文、月割りしておよそ四百二十五文ほどになる。

食い扶持として米が四斗《と》で一分、おかずや燃料、灯り油の代金を支払っても老夫婦だけなら、一ヵ月二分あればやっていける。家賃とあわせても月三分で十分なのだ。

「三百両か。江戸に出てきたころは大金だったが、それを一夜で遣ったこともある。人生なんて一夜の夢のようなものかもな」

ぐっと紀伊国屋文左衛門が、杯をあおった。

「琉球へ移り住むとしたら、おまえはついて来るかい」

「薩摩の向こう、海の上の琉球かい。勘弁しておくれな。江戸でさえわたしにはあわないんだよ。おまえさんが行くというなら、わたしは津《つ》へ帰らせてもらいますよ」

妻が首を振った。

「そうだったねえ。おまえは江戸へ出るのも嫌がってたね。わかったよ。いずれ江戸を離れるときが来たら、千両あげるから。好きなようにしてお暮らし」

「お金なんてもういらないよ。子供もないんだ。残す相手もいやしないのに。わたしはただひっそりと暮らしていきたいだけ」

はっきりと妻が口にした。

「すまないと思うよ」

紀伊国屋文左衛門があらたな酒に手を伸ばした。

隠居した体《てい》をとっている紀伊国屋文左衛門の朝は、本店から訪れた大番頭とその日の打ちあわせをすることから始まった。

「旦那さま。仙台《せんだい》さまからあらたに二万両融通の願いがございました」

大番頭が告げた。

仙台さまとは伊達《だて》六十二万石のことだ。戦国の勇将伊達政宗《まさむね》を祖とし、外様大名のなかでも格別なあつかいを受ける名門であった。

「三年前にも四万両貸していたね。返済は滞ってないようだけど。それが終わる前に追加とは、いったいなにに遣うんだい」

「新田を開くためとのことで」

「担保にはなにを出すんだい」

「五年先の年貢を、とのことでございまするが」

「だめだねえ。五年も先の話をされては困りますね。とくに奥州《おうしゅう》は凶作の多いところ。米がとれなかったらどうするつもりなんだ」

聞いた紀伊国屋文左衛門が首を振った。

「では、お断りいたしましょうか」

「いや担保を換えてもらいなさい。たしか、伊達さまには家康公ご拝領の掛け軸があったはずだね。あれをお預かりしたいと」

「それは難しくございませんか」

大番頭が首をかしげた。

大名にとって家康からの拝領品ほど名誉であり、困惑の種となるものはなかった。下賜された家康の書、愛用の品々などは、すべて幕府において記録され、諸国巡検使《じゅんけんし》によって無事かどうかを検査された。ものによっては将軍や老中などから、見たいと要望されることもあった。もし紛失や破損をしていれば、お咎めは必至であり、よくて減禄のうえ転封、一つまちがえば改易になりかねなかった。

借金のかたに差しだしたなどと聞こえたら、それこそ家は潰された。

「だからこそ安心なのさ。紀伊国屋の蔵ほど安全なところは、江戸にないからね」

八丁堀本店の敷地に作られた蔵は、漆喰《しっくい》塗りの壁に鉄窓、瓦葺《かわらぶ》きと盗難に対して万全の造りであった。また、周囲に木を植え、火の粉の飛来を防ぐなど、火災にも十分な備えをしていた。

「絵や書が金を貸してくれるわけではない。二万両といえば、ちょっとしたお大名の年貢一年分だ。命を賭けるに十分な金だよ」

「承知いたしました。では、そのように」

大番頭が頭をさげた。

「ところで大番頭さん。最近店のほうはどうだい」

妻が出した白湯《さゆ》をすすりながら、紀伊国屋文左衛門が問うた。

「おかげさまで変わりなく、一同元気に働かせていただいておりまする」

「そうかいそうかい。おまえさんは、うちに来て何年になるかな」

何度もうなずきながら、紀伊国屋文左衛門が質問した。

「伊勢《いせ》でご奉公にあがりましたのが十歳でございましたので、今年で三十年になりまする」

問われた大番頭が答えた。

「三十年か。なら、うちの奉公人は全部見ているね」

「はい。なにか」

さすがに大番頭が怪訝《けげん》な顔をした。

「ようすのおかしいのはいないかい」

「それは……まさか、黒鼠《くろねずみ》がいるとおっしゃるので」

大番頭が驚愕した。

黒鼠とは商家の符号であった。奉公人でありながら店の金をごまかしていたり、商売敵につうじていたりする者を米を食い荒らす鼠にたとえたものだ。ぎゃくに店のために心底尽くしている奉公人のことは白鼠《しろねずみ》と呼んでいた。

「ちらと噂を耳にしてね」

「ただちに店に戻りまして、一人一人問いただします る」

大番頭が腰をあげた。

「待ちなさい。そんなことをしても白状するものか。かえって疑心暗鬼を店に植えつけることになるだけだよ。いいかい、おまえさんは奉公人になにもしなくていい。ただ、皆が寝てから、人知れず帳簿を点検しておくれ。紀伊国屋で横領があったとあっては、明日から恥ずかしくて江戸の町を歩けないからね」

紀伊国屋文左衛門が、大番頭に命じた。

「わかりましてございまする。帳簿はわたくしが毎晩締めておりますので、おかしなことはないと思いまするが、今一度見直しをいたしまする」

「頼んだよ。ああ、それと勘助《かんすけ》にね、深川《ふかがわ》の木場《きば》まで来るように伝えておくれ」

「へい」

首肯した大番頭が帰っていった。

紀伊国屋は深川に数多くの木場を持っていた。江戸に万一の大火があったとき、すばやく材木を供給できるように準備しているのだ。

「ちょっと出てくるよ」

紀伊国屋文左衛門は、妻に言い残して長屋を出た。

木場に着いた紀伊国屋文左衛門は、ゆっくりとあたりを睥睨《へいげい》した。

なにもないただの広場に材木が並べられていた。入り組むように作られた水路にも多くの材木が浮かんでいる。その材木の上を木場職人たちが、身軽に飛び回って、集めたり離したりして作業をしていた。

もと廻船問屋であった紀伊国屋文左衛門を豪商へと押しあげてくれたのが、ここにある材木であった。

上州赤城山《じょうしゅうあかぎやま》から吹きおろす颪のおかげで、江戸は乾燥した地であった。戦国の終わりまで小さな漁村でしかなかったそこに、天下の城下町を作ったのである。

どこもかしこもぎりぎりまで家を建て、空き土地などはないにひとしかった。そこに茅葺《かやぶ》きや板葺きの家が所狭しと並んでいるのだ。ひとたび火が出れば、城下を焼き尽くす大火となるのは当然であった。

「明暦《めいれき》の大火というのは、知らないけれど、江戸ほど火事に遭う町もないだろうねえ」

材木の一つに腰掛けながら、紀伊国屋文左衛門が独りごちた。

火事は、築きあげてきたすべてを焼き尽くすが、人の営みはそれよりも強い。火がおさまった翌日には、槌音《つちおと》が聞こえるのだ。

紀伊国屋文左衛門が江戸に出てきたとき、材木は注文のつど山から伐《き》りだされ、利根川《とねがわ》をつうじて江戸へと運ばれていた。

「あんなにせかせかした江戸者が、よくもまあ、火事が終わってから手配される材木を待っていたものだ」

一部の大金持ちは、郊外の空き土地を手に入れ、そこに万一に備えた店再建用の材木や漆喰などを用意していたが、庶民を始め、ほとんどはなんの準備もしていなかった。

ために、数少ない材木は高騰し、江戸の材木問屋は火事のたびに大儲けをしていた。

そこに紀伊国屋文左衛門は目をつけた。

「とぶように売れるといっても、火事のあとは材木の仕入れ自体が高くなってい

る。それに儲けを乗せたところで、限界がある」

紀伊国屋文左衛門は新しく開拓されたばかりの深川に木場を作り、原木を貯蔵することにした。

普段使う材木は、いつものように山から伐りだして運び、火事や急造作で需要が高まったときに、貯蔵していた木場の材木を一気に放出したのだ。

さらに紀伊国屋文左衛門は、材木の仕入れにも一手を案じた。

紀伊国屋文左衛門は、山買いをおこなったのだ。山買いとは、一つの山の材木をまるまる一気に買いとってしまう、すなわち大量買いつけであった。

当然安価に材木を仕入れることができ、それを高騰したときに売りだすのだ。

紀伊国屋文左衛門の儲けは膨大なものになった。

「ちょっとした工夫で商いは大きくなる。それを怠るような連中は淘汰《とうた》されてしかるべしなのだよ、勘助」

近づいてきた番頭に紀伊国屋文左衛門が声をかけた。

「お呼びだそうで」

勘助が小腰をかがめた。

商人にはめずらしく、勘助は身体の大きな赤銅《しやくどう》色の肌を持つ男であった。

「ああ。おまえさんの手下のうちで鉄炮の名人を三人選んでおくれでないか」

紀伊国屋文左衛門はただちに用件に入った。

「よろしゅうございますが、的は止まっておりやすか、それとも動いておりやしょうか。それで選ぶ者が変わりやすので」

「そうだね。止まっているのを撃つのがうまいのを一人、動いているものを得意とするのを二人にしてもらおうか」

勘助の問いに、紀伊国屋文左衛門が答えた。

「へい。で、いつどこへやったらよろしゅうござんすか」

「この月の十日までに、品川《しながわ》の宿屋伊藤《いとう》屋加兵衛《かひようえ》へな」

品川は江戸ではなかった。町奉行所の管轄ではなく、関東郡代《ぐんだい》の支配下にあった。

関東郡代は広大な武蔵野《むさしの》平野のほとんどを管轄していたが、役人の数が少なく、目が行き届かないことが多かった。また、品川を少し離れただけで人気は少なくなり、少し街道をはずれると狼が出ることもあり、猟師が鉄炮を使うことはままあり、鉄炮を持っていてもさほど目立たなくてすんだ。

「で、得物《えもの》はどれを」

「エゲレスから購入した新式鉄炮、あのうちの三挺を使う」

「よろしいんでございやすか。あの鉄炮は」

勘助が口を出した。

「わかっているよ。火縄と違ってうまく発射できないこともあることぐらいはね。でも、あれならば、火縄の燃える臭いと煙が出ない。撃つまでに見つかるわけにはいかないんだよ」

「人を撃つんでござんすね」

紀伊国屋文左衛門の返答で、勘助は標的が人だと理解した。

「心配おしでないよ。ことの成否にかかわらず、三人には十分な金と琉球への船を用意するからね」

「へい」

勘助が承知した。

「熊野《くまの》の海賊だったおまえだ。抜かりはないと思うが、口の軽い者は腕がよくてもね」

「ご心配なく。そんな野郎はあっしが始末つけますので」

紀伊国屋文左衛門の危惧を勘助があっさりと否定した。

「では、任せたよ」

命じ終わった紀伊国屋文左衛門は、そのまま木場を出て、勘助も後を追うように離れた。しばらくして、紀伊国屋文左衛門が腰掛けていた材木のすぐ近くに人影がわいた。

「殿の仰せどおりであったな」

姿を現したのは一衛であった。

「美濃守どのは、万一を考えて柳沢家の家臣を使うことはない。とならば世情に慣れ、金もある紀伊国屋文左衛門に事のいっさいを託すであろうと見抜かれたが、まだお若いのに末恐ろしい洞察《どうさつ》の目よ」

感嘆の声を一衛は漏らした。

「先見《せんけん》の明《めい》をお持ちである。さすが綱吉さまのお血筋。あっぱれ名君となられるであろうに、野心のなさが惜しまれるわ」

一衛が無念そうに言った。

悪政ばかり目につく綱吉だが、将軍就任当初は善政を布《し》いていた。ただ、なんにでも極端にのめりこむ性質《たち》がわざわいし、後世に批難を浴びる結果となったが、そのじつ若いころから学問を好み、林大学頭をして舌を巻かせるほど優秀であった。

「だが、殿のお望みに従うが、忍の任」

紀伊国屋文左衛門の去った方を見て、一衛がつぶやいた。

「この月の十日までに品川の宿屋。紀州家の帰国行列を襲う気だな」

一衛はすぐに読んだ。

「権中納言吉宗が、将軍の器とは思えぬ。死のうが生きようが、どうでもよいが、この手は潰しておかねばならぬ」

すばやく一衛は深川から品川へと向かった。

三

間部越前守の根回しと、将軍生母の願いが功を奏して、絵島は大島への流刑を一段減じられ高遠《たかとお》藩内藤《ないとう》家お預けとなった。

しかし、この無理はいっそう月光院の評判を落とし、大奥での立場を悪くした。

「いまさら乗り換えることもできぬ」

己の権威の象徴であった大奥の後押しを失った間部越前守にとって、老中御用部屋はすでに居場所ではなくなっていた。

今までは、なにを決めるにも間部越前守に相談があったが、ここ最近は誰も話しかけてこなくなった。それだけではなかった。間部越前守が入ってくるなり、話し声が止まるようになっていた。老中のほとんどは家宣によって引きあげられた者で、間部越前守と親交が深かったにもかかわらず、あっさりと離れていったのである。

「変節漢《へんせつかん》どもめが」

夜具にくるまって寝ている家継の枕元で、間部越前守がののしった。

「上様がお元気になられたら、御用部屋を一新してくれるわ」

間部越前守最後の砦《とりで》が、将軍家継であった。

家継が生まれてすぐに傅育を命じられた間部越前守である。家継が己の意思をはっきり出せるようになれば、間部越前守は大老に推戴《すいたい》され、幕政を一手にすることができるはずであった。

能役者の家の出であった間部越前守が幕府の権を握るのだ。御三家、あるいは加賀《かが》百万石の藩主といえども、その前では最敬礼をしなければならない。天地が返るほどの出世である。

だが、間部越前守の暗い野望は達成寸前まで来て、つまずきかけていた。

家継の体調が悪いのだ。正月に風邪をひいたのが、いまだに完治していなかった。どころか、日に日に悪化していた。

「奥医師どもはなにをしているのだ。むだに禄ばかりとりおって、風邪すら満足に治すこともかなわぬのか。老中どもの前に医師どもを替えねばならぬな」

煎じ薬の匂いに満ちた御休息の間で、間部越前守は悪態をついた。

「誰かある」

「これに」

間部越前守の呼びかけに、控えの間から小姓組士《こしょうぐみし》が顔を出した。小姓組は旗本名門のなかから選ばれ、書院番とともに将軍側近くに仕えた。直接将軍の目にとまることから、出世していく者も多く、旗本たちの羨望《せんぼう》を集めていた。

「しばし上様のことを頼む」

「承知つかまつった」

出て行く間部越前守と入れ替わりに小姓組士が御休息の間に入り、家継の足下に控えた。

間部越前守は、その足で下部屋へと向かった。老中格でしかない間部越前守だが、専用の下部屋を与えられていた。

「お坊主の衆」

下部屋に着いた間部越前守が、御殿坊主に声をかけた。

「御用でございまするか、越前守さま」

すぐに御殿坊主が駆け寄ってきた。

老中や若年寄などの使いをすることもある御殿坊主は、所作のちがいで有事を知られてはならぬと、普段から小走りで城中を動き回っていた。

「筑後守どのを」

「寄合旗本新井筑後守さまでございますか」

御殿坊主が確認した。朝廷においてはただ一人である筑後守も、武家では何人もいた。これは慣例として、武家の官名《かんめい》が望みどおりに与えられたからである。

「うむ」

「しばしお待ちを」

頭を下げて、御殿坊主が走っていった。

新井白石はいつものように下部屋で座っていた。いつまで経っても絵島の一件について報告にこない聡四郎にいらだちながらも、新井白石は待ち続けていた。

「筑後守さま」

襖を開けることなく、廊下から御殿坊主が呼んだ。

「なんだ」

不機嫌さを隠そうともせず、新井白石が応えた。

「越前守さまが、お越し願いたいとのことでございまする」

「なに、間部どのがか」

御殿坊主の言葉に、新井白石が急いで襖を開けた。

「はい。下部屋でお待ちでございまする」

「そうか」

襖を閉めることも忘れて、新井白石は廊下を急いだ。

御殿坊主には許されている廊下を走ることが、ほかの者には認められていなかった。城中を駆けているところを目付に見つかれば、登城停止の処分が下される。

新井白石と間部越前守の下部屋は、廊下の角を一つ曲がるだけの近さである。しかし、その距離を新井白石は走らんばかりの勢いで行った。

「御免、筑後守でござる」

「お入りなされよ」

傍若無人《ぼうじゃくぶじん》な新井白石とはいえ、いきなり襖を引き開けるようなまねはしなかった。失墜した自分と違って、家継を擁《よう》した間部越前守は幕府の中心である。新井白石にとって、ともに家宣に引きあげられた間部越前守は、幕政へのぼる最後の糸だった。

「なにか」

「白石先生。絵島の一件、あの勘定吟味役に調べさせておられまするか」

間部越前守が単刀直入に訊いた。

「………」

絵島のことは間部越前守にとって汚点である。それを探っているとわかれば、心証は悪くなる。新井白石は無言であった。

「お隠しになられずともよろしかろう。じつは、拙者も独自に探索を命じておりまする」

気にしないでいいと間部越前守が告げた。

「たしかに。越前守どのが一助になればと」

ようやく新井白石は、認めた。

「いかがでござる」

「みっともないことでございまするが、いまだなんの進展も見られませぬ」

新井白石はすなおに語った。

「さようでございまするか。こちらも同じでござる。いや、ただ一つだけ」

「なにかおわかりになったか」

ぐっと新井白石が身を乗り出した。

「絵島が代参に出た一月の十二日、供についた御広敷伊賀者が帰って参りませなんだ」

「御広敷伊賀者が。なるほど、それで絵島は門限に気づかなかったのか」

間部越前守の話に新井白石がうなずいた。

「その伊賀者は……」

「死体は出ておらぬが、殺されたと見るべきでしょうな」

重い声で間部越前守が言った。

「いったい誰が」

「どうやら同じ忍ではないかと」

間部越前守が答えた。

「伊賀者以外の忍でございまするか。見たことも聞いたこともござらぬ」

新井白石が首を振った。

「無理もござらぬ。御上のなかでもこれ以下はないと言われる身分、御目見得以上の者が顔を合わすことなどありませぬ。上様の代理をなすこともある拙者とて、聞かされるまでまったく思いもつきませなんだ。黒鍬者でござる」

同じだと間部越前守もうなずいた。

「なるほど。これはよいことをうかがいました。さっそくに手証として探らせましょう」

「よしなに」

すぐに新井白石は立ちあがった。

「御広敷伊賀者は裏。勘定吟味役は表。黒鍬者といえども、勘定吟味役の査察を拒むことは許されぬ。表から攻められれば、裏の守りが薄くなろう」

一人になった間部越前守が、笑った。

走狗《そうく》とされたことに気づかず、新井白石はその足で内座へと踏み入った。

「また来おったわ」

聞こえよがしに言う勘定衆を歯牙《しが》にもかけず、新井白石は聡四郎のもとへと近づいた。

「新井どの」

なにひとつ報告していない聡四郎は、さすがに気まずい顔をした。

「水城、黒鍬者を知っておるか」

いきなり新井白石が問うた。

「それがなにか」

聡四郎は問い返した。

「絵島の一件にかかわりあるという。調べてみよ」

「はあ」

まったくあたりをはばかることのない新井白石に、聡四郎は嘆息するしかなかった。

「結果をだせ」

厳命した新井白石が去っていった。

「水城さま」

太田彦左衛門が、嘆息した。

「手がかりの一つをもらったと思うしかない。すでに七つ（午後四時ごろ）近い。今からではなにもできずに終わりましょう。明日にでも詰め所へ行って話を聞くといたしましょう」

「はい」

聡四郎の意見に、太田彦左衛門も同意した。

刻限にあわせて下城した聡四郎は、研ぎ師のもとを訪れた。

「できあがっております る」

「見せてもらうぞ」

預けてあった大太刀を研ぎ師が差しだした。

聡四郎は大太刀を抜きはなった。

「軽くなったな」

「はい。目方も百五十匁《もんめ》（約五六三グラム）弱減りましてございまする。拵えもすこし鎺元で詰めさせていただきました」

研ぎ師が告げた。

聡四郎は柄の目釘を外すと茎をあらためた。目釘の穴が二つに増えているが、切り落とした末もていねいにやすりがけされていた。

「けっこうだ」

聡四郎は大太刀を鞘へ戻した。大太刀はどこにひっかかることもなくすんなり納まった。

「旦那。おできになりやすねえ」

見ていた研ぎ師が感心した。

「詰めたとはいえ厚重ねの大太刀。普通の刀に比べればかなり重うございますが、それを軽々と操るだけでなく、繊細にあつかわれる」

太刀は刃物である。鞘に入れるときに切っ先がなかに当たれば、傷を作る。膠《にかわ》で貼り合わせた後は鞘の内側を触ることができなくなるため、一度作った傷の修復をすることはできなかった。

見えないとはいえ傷は鞘を弱らせる。なにかの拍子にそこから鞘が割れないともかぎらないのだ。外出中に鞘が壊れれば、己の足を傷つけるだけではなく、他人に怪我を負わせることにもなりかねない。

「いい仕事であった。残金は後日屋敷まで取りに来てくれ」

「へい」

研ぎ師に見送られて聡四郎は屋敷へと向かった。昌平坂《しょうへい》にかかり、人通りがなくなったところで、大宮玄馬が声をかけた。

「殿」

「持ってみたいか」

聡四郎はすぐにさとった。左手でさげていた太刀を右手に持ちかえて大宮玄馬に渡した。

「おそれいりまする」

大宮玄馬も右手で受けとった。

右手で鞘を持てば、抜き打つことができない。太刀をやりとりするときの礼儀であった。

「重い」

手にした大宮玄馬が驚いた。

「屋敷に着いたら、抜いてみるがいい」

いかに他人の目がないとはいえ、さすがに路上で抜かせるわけにはいかなかった。

「いえ。もう十分でございまする。わたくしではとてもあつかえるものではございませぬ」

大宮玄馬が大太刀を聡四郎に返した。

小太刀を遣う大宮玄馬の刀は、脇差より少し長いていどで細身である。重さも厚重ねの大太刀の半分ほどしかない。

「そうか」

得物は剣士によって違った。聡四郎はそれ以上勧めなかった。

「玄馬」

「殿」

二人が同時に声をあげた。

昌平坂をのぼりきったところで、濃厚な殺気に包まれたのだ。

「…………」

無言で大宮玄馬が太刀を抜いた。

逢魔《おうま》が時《とき》と呼ばれる薄明かりのなかを、なにかが飛来した。

「ぬん」

すばやく大宮玄馬が太刀をひるがえした。甲高い音が二度して、地面になにかが刺さった。

「手裏剣か」

聡四郎はすばやく大太刀を抜いた。鞘をしかたなく地面に捨てた。

「ふっ」

息を抜くような気合いで、ふたたび大宮玄馬が太刀を振った。小さく火花を散らして、手裏剣が弾かれた。

「あそこか」

初弾では見きわめきれなかった投擲《とうてき》場所を聡四郎は探りあてた。林大学頭の屋敷塀の上に薄っぺらい影がうずくまっていた。

「殿、わたくしが」

大宮玄馬が走った。

小柄とはいえ、大宮玄馬の一歩は大きい。あっというまに大宮玄馬は、塀下に取りつくと、手にしていた太刀をだした。

うずくまる影を刃が通りぬけた。

「くっ」

手応えのなさに大宮玄馬がうめいたとき、聡四郎は背筋に冷たいものを感じた。

何度か忍と戦った経験が聡四郎を助けた。大宮玄馬の行動を見守りながらも、聡四郎は油断していなかった。

振り向いた聡四郎の二間（約三・六メートル）先に黒装束の影が迫っていた。

「…………」

無言で跳んだ影に、聡四郎は躊躇なく大太刀をぶつけた。

熟した柿を壁にぶつけたような音がした。

「殿……」

大宮玄馬が絶句した。

「……なんと」

倒れた敵を見て、聡四郎も驚愕した。

雷閃の構えを取る間もなく振りきった大太刀は、刀ごと忍を両断していた。

「気を抜くな。まだいるぞ」

聡四郎は、周囲に注意した。

前方から手裏剣を投げてきた忍がまだ残っているはずであった。

「承知」

すばやく大宮玄馬が聡四郎の背後についた。

しばらく気配を探ったが、殺気は完全に消えていた。

「どうやら去ったようだな」

ゆっくりと聡四郎は、肩に担いでいた大太刀をおろした。

「御免を」

両断された忍のかたわらに大宮玄馬が屈みこんだ。

「手裏剣を持っているだけで、懐になにもございませぬ」

あらためていた大宮玄馬が首を振った。

「そうであろうな」

「殿、これは……」

なにかわかっている風な聡四郎に、大宮玄馬がもの問いたそうな顔をした。

「あとで話す」

聡四郎は即答を避けた。

「血曇りだけか」

持っていた鹿革で血脂《ちあぶら》をこそげ落としながら、聡四郎は大太刀の刃に欠けがないことを確認した。

「屋敷にもどるぞ」

鞘を拾って大太刀を納めた聡四郎は、大宮玄馬をうながした。

歩きだした二人が林大学頭の屋敷角を曲がって見えなくなるのを待っていたかのように、商人風の男が忍の死体側に湧いた。

「ばけものか」

忍の死体の襟や鞘、帯などを探りながら、つぶやいたのは御広敷伊賀者組頭柘植卯之であった。

「黒鍬者はもともと武術を得意としないゆえ、水城に勝てずとも当然だが……歯がたたぬにもほどがあるな」

死体の顎に手をかけて口を開けさせた柘植卯之が、小さく笑った。

「こんなところに」

柘植卯之が、指を突っこんで頰から小さな紙を剝がした。

唾液で濡れている紙を破かないように、慎重に開いていく。一寸(約三センチ)四方の小さな紙には見たこともない文字が記されていた。忍者が使う忍文字であった。漢字に似ていたが、偏《へん》と旁《つくり》の組み合わせで、いろはを表現している。

「しだやいち。志田弥一か」

柘植卯之はなんなくそれを読んだ。

忍は、いつどこで果てるかわからないのが宿命《さだめ》であった。人知れず死体を始末されることもあるが、そのまま放置された場合など、身元を報せるのにこうして名前だけを記した紙をどこかに忍ばせておくのだ。

これは仲間に埋葬や菩提の手向けを頼むためのものではなく、己がここで死んだとの情報を与えるためであった。名前がわかるだけでもかなりおおきな手がかりを仲間に残すことができる。

忍とは、死んでからも組のためにつくすのだ。

「死ねば仏というが、やはり憎いものだな」

冷たく言いながら、柘植卯之は、死体の傷口に手を入れた。

人の身体は斬られた瞬間に肉は縮むが、骨はそのまま変わらない。傷口から骨の先が顔を出していた。柘植卯之は骨の断面を触った。

「ひびてはいるが、割ったのではない。一刀両断しておる」

柘植卯之が聡四郎の腕に感嘆した。

「正面から戦って勝てる相手ではないな。手だてを講じてはめてしまわねば、無駄死にになる」

忍の正攻法は闇に潜んで暗殺することだ。

「水城と黒鍬者。ともに伊賀に牙をむいた愚かなやつ。殺しあうがいい。生き残るのは我らじゃ」

立ちあがった柘植卯之が、懐紙で血まみれの両手を拭いた。

「身内を害された恨みははらす。伊賀者の執念、思い知れ」

呪詛《じゅそ》の言葉を後に、柘植卯之の姿が溶けた。

四

帰宅した聡四郎は、大宮玄馬を引き止めた。

「話もある。夕餉をともにいたせ。紅どの、用意を頼む」

出迎えた紅に聡四郎が言った。

「不意なんだから。わかりました。では、あたしは台所で用意してくるから、お着替えは玄馬さん、お願いしますね」

あきれた口調で言いながらも、あかるく紅が引き受けた。

「殿、そういうわけには……」

辞退する大宮玄馬に聡四郎は首を振った。

「敵のことを伝えておかねばならぬ。紅どのにも知っておいてもらいたい。なればこそ一度ですませたいのだ」

「そう仰せられるならば」

ようやく大宮玄馬がうなずいた。

もとは入江道場での兄弟弟子だが、いまは主君と家臣の関係である。剣の同門のときにはなかったきびしい身分の壁が二人の間にはできていた。

大宮玄馬は屋敷内の部屋へ戻らず、聡四郎について書院に入った。

「お召し替えを」

いつもなら紅がすることを大宮玄馬がした。

「どうかなされましたか」

なにか落ちつかない聡四郎に、大宮玄馬が首をかしげた。

「いや、慣れぬなと思っただけよ」

聡四郎は些細《ささい》な違いにとまどっていた。

紅ならば、聡四郎にあわせて先へ先へと手を出してくれるのだが、大宮玄馬はいちいち聡四郎に言われなければ動いてくれないのだ。

「帯を」

「はっ」

口にすればすぐに用意してくれる。だが、そこに聡四郎はわずかな隙間を感じていた。もっとも、先ほどのように剣を持っての戦いとなれば、大宮玄馬ほど息の合う相手もいない。いちいち声を出さなくても、聡四郎の思うとおりに動いてくれるのだ。

「なるほどな」

聡四郎は己を助けてくれる者が、一人ではなく、またそれぞれに役割が違うということをようやく認識した。

「お待たせ」

紅と喜久がそれぞれに膳を持って入ってきた。

「今日は、父から鴨を預かってきたの。吸物に仕立ててあるから」

紅が聡四郎に、喜久が大宮玄馬の前に膳を置いた。

「それは豪勢だな」

五百五十石の旗本とはいえ、内情は裕福ではなかった。代々勘定方で役付を続けてきた水城家は、まだ借財がないだけましだったが、それでも魚を毎日口にできるほどではなかった。ましてや鴨など年に一度食べられるかどうかであった。

「鴨でございまするか」

おそるおそる大宮玄馬が吸物椀の蓋を開けた。

貧しい御家人の息子だった大宮玄馬は、生まれてこのかた鴨を食べたことがなかった。

「うまいものだぞ。くせは多少あるが、雉《きじ》より脂がのっていてな」

さっそくに聡四郎は鴨の肉を口に運んだ。

「香ばしいな」

「皮を最初にあぶってあるからね」

自慢げに紅が語った。

「ほう。これは」

おずおずと嚙んでいた大宮玄馬の顔が輝いた。

「うまいものでございまするな」

「鴨ばっかり感心してないで、大根の煮付けとかも食べなさいよ」

紅はおのれより歳上の大宮玄馬を弟のようにあつかった。

「はっ」

かしこまって大宮玄馬が大根に箸を伸ばした。

「あとをお願いしますね」

ようすを見ていた喜久が、書院を出ていった。

「紅どの」

聡四郎が箸を置いた。

「おかわりなの」

飯櫃《めしびつ》を横にした紅が訊いた。

「いや、そうではない。聞いてくれぬか」

「またぞろ、危ない話ね。じゃあ、ちょっと待って、袖吉も来ているだろうから」

一度襲われて以来、毎日夕刻には袖吉が聡四郎の屋敷まで紅を迎えに来ていた。すぐに袖吉を伴って紅が戻ってきた。

「お晩で」

つきあいも長く深い。袖吉はあいさつもそこそこに腰をおろした。

「袖吉、食べていけ」

東海道をともに旅したこともあって、聡四郎も袖吉には遠慮がなかった。

「ごはんと菜っ葉だけのおつゆしかないけどね」

笑いながら紅が台所へと行き、すぐに戻ってきた。

武家でも町屋でもちょっとした家なら、男女は決して同じところで食事をしなかった。

「ごちになりやす」

袖吉は飯に汁をかけて食べ始めた。

「食べながらでいい、聞いてくれ」

聡四郎は新井白石から教えられたことと、帰りの襲撃の一件を話した。

「黒鍬者でやすか」

袖吉が二膳目をよそってもらいながら口にした。

「ややこしい連中を敵にまわしやしたねえ」

「知っているのか」

聡四郎は意外な顔をした。

「江戸城出入りの口入れ屋でござんすよ。普請方の下役に近い黒鍬の連中とはつきあいもできやさね」

「ああ」

なるほどと聡四郎はうなずいた。

「黒鍬者の恐ろしさは、江戸の辻の隅まで熟知していることで。それこそ、どこの屋敷の松の木の枝がどうなっているかまで覚えてやす」

袖吉が語った。

「地の利を完全に掌握していると」

「へい。どこへ逃げこもうとも確実に先回りされやすぜ」

ぞっとした口調で袖吉が言った。

「江戸が敵地になるか」

聡四郎は苦い顔をした。

「紅どの」

黙って聞いていた紅に、聡四郎は声をかけた。

「どのようなことになるか、まったく予想がつかぬ。またぞろ紅どのの身に危難がおよぶかもしれぬ。しばらくのあいだ、相模屋で……」

「嫌よ」

ためらいもなく紅が拒否した。

「側にいてくれって言ったのは、あんたでしょ。金の裏を暴くのが仕事。誰もが見られたくない懐うちを探る役目。恨みを買って当然よ。それがこのていどのことで逃げこんでたんじゃ、勘定吟味役の奥方さまはつとまらないでしょう」

言った紅が真っ赤になった。

「殿……」

大宮玄馬が目を大きくした。

「そういうことだ。今すぐというわけではないがな」

照れながらも、聡四郎は認めた。

「もう、親方にお話ししていいんでやすね。今宵はこれで」

あいさつもそこそこに、紅の手を引くようにして玄関脇の潜りを抜けようとした袖吉が、立ち止まった。

「誰でえ」

潜りの外に袖吉は人の気配を感じていた。

「夜分にごめんなされませ。吉原の西田《にしだ》屋甚《じん》右衛《え》門《もん》でございまする。御当主さまにお目にかかりたく参上つかまつりました」

控えていたのは御免色里《ごめんいろざと》吉原の惣名主《そうなぬし》西田屋甚右衛門であった。聡四郎と西田屋甚右衛門は、吉原の闇運上《やみうんじょう》の一件で知り合い、肝胆相《かんたんあい》照らす仲となっていた。

「これは、西田屋さんで。ちいとお待ちを」

袖吉はあわてて、屋敷内へと戻った。袖吉も西田屋甚右衛門と面識があった。

すぐに西田屋甚右衛門は客座敷にとおされた。

「お待たせした」

袴をもう一度身につけて、聡四郎は西田屋甚右衛門の前に出た。

「ご年始のごあいさつもいたしませんで、ご無礼をいたしました」

「いや、こちらこそ。無沙汰をしております」

ほぼ一年ぶりの再会であった。

「いろいろと積もるお話もございまするが、今宵は火急《かきゅう》の用件で参りましたゆえ……」

西田屋甚右衛門が、語りだした。

「本日、ひさかたぶりに紀伊国屋文左衛門さまがお見えになられまして」

「紀伊国屋がか」

名前を聞いた聡四郎は身をのりだした。

「ひとしきり騒がれた後、妓《おんな》どもをさがらせて、わたくしにこのようなことをおしゃべりなされたのでございまするが」

西田屋甚右衛門が、言葉をきった。

「紀州さまのご帰国行列がもうすぐだねえと」

「そのようなことを紀伊国屋文左衛門がか」

聡四郎は確認した。

「はい。そのあと、近ごろ品川で狼は出るんですかな、とも」

「狼でございまするか」

聞かされた聡四郎は首をかしげた。

品川に狼が出ることは、聡四郎も知っていた。百姓の馬を食うだけではなく、旅人も襲うことから、かの生類憐みの令を出した綱吉でさえ、鉄炮隊に狼討伐を命じたことがあるほど被害は大きかった。

「……鉄炮」

袖吉が叫んだ。

「あっ」

さっと聡四郎の顔色が変わった。

いかに有能な忍、腕の立つ剣士でも、鉄炮で撃たれては対抗しようがなかった。

「駕籠のなかの紀州公は、逃げようがございませんよ」

大名たちは参勤交代のさなか、駕籠で移動することがほとんどであった。

「紀州公を狙い撃つというのか」

聡四郎が絶句した。将軍にもっとも近い血筋の徳川吉宗を撃つ。見つかれば我が身はもちろん、一族郎党にまで罪はおよぶ。

「なんで品川なんで。狙うなら箱根《はこね》とか、鈴鹿《すずか》とか他人目《ひとめ》につかねえところは、いくらでもありやしょう」

袖吉が疑問を口にした。

「それは、紀州さまに逃げ口上を許さぬためでございましょう」

答えたのは、西田屋甚右衛門であった。

世間から隔絶された女の城を統括する惣名主、西田屋甚右衛門は聡四郎たちよりもはるかに世慣れていた。

「逃げ口上とは」

わからぬと聡四郎は訊いた。

「品川は江戸ではないといえども、往来も多く、町家もたくさんございまする。いわば他人目がある。そこで紀州さまの行列が襲われたとなれば、隠しようもございますまい」

西田屋甚右衛門が、話した。

「紀州公の死をつまびらかにするということでござるか」

ようやく聡四郎は理解した。

大名にとってもっともおそろしいのは、絶家《ぜっけ》であった。先祖から営々脈々と受けついできた領地を失い、多くの家臣たちが路頭に迷うことになる。絶家の多くは無嗣《むし》、すなわち跡継ぎのないものであったが、なかには藩主の死に不審をもたれたことによるものもあった。

藩主が変死したとなれば、まず藩は取り潰される。それを避けるために、藩士たちは藩主の死亡をひた隠しにし、病死を装うのだ。現に尾張藩主徳川吉通の毒殺は、他人の目のない藩邸のなかであったことが幸いし、なんとか息子に継嗣《けいし》が許された。

しかし、庶人が見ているところで撃ち殺されたとなると、ごまかすことはできなかった。

「紀州藩を潰すか。いや、確実に将軍継嗣からはずすためか」

すでに御三家の尾張は脱落していた。相続が許されたとはいえ、藩主の急死が家臣による主君殺しとばれているのだ。尾張に天下の武家を統率する資格はなかった。あとを継いだ嫡男まで後を追うように死んでいる。半年足らずで二度の相続は、尾張から将軍を狙うだけの力を奪っていた。

「紀伊国屋文左衛門は、誰に天下を取らせようというんで」

袖吉が質問した。

この場にいた誰もが、吉宗の狙撃は紀伊国屋文左衛門の手配りだと気づいていた。

「柳沢甲斐守吉里どの」

口にした聡四郎に一座の目が集まった。

「なにを……」

「馬鹿なことを」

袖吉と紅が驚愕の声をあげた。

「…………」

西田屋甚右衛門は、顔色一つ変えなかった。

「ご存じでござったか」

聡四郎が西田屋甚右衛門に問うた。

「身体をかわした女に男は饒舌《じょうぜつ》になりまする。ですが、吉原はなかで見聞きした話を決して外に漏らしはいたしませぬ」

肯定も否定も西田屋甚右衛門はしなかった。しかし、それが暗黙の首肯であることは聡四郎に伝わった。

「いや、かたじけなかった」

礼を述べて、聡四郎は西田屋甚右衛門を帰した。

「吉原惣名主を使いに遣うとは、さすが紀伊国屋だぜ」

袖吉がみょうな感心をした。家康から直接すべての遊女の父となれと命じられた吉原惣名主の権はなまじの大名を遥かに凌《しの》いでいた。

「しかし、殿。なぜ紀伊国屋は、おのれの企みをわざわざ報せるようなまねを」

大宮玄馬が首をかしげた。

「わからぬ。綱吉公の忘れ形見である吉里どのを八代将軍にしたいだけの柳沢美濃守どのとは違う。紀伊国屋文左衛門がなにを考えているのか、まったく読めぬ」

問われた聡四郎も首をひねった。

紀伊国屋文左衛門は、西田屋甚右衛門に話せば聡四郎に聞こえると承知している。さらに聡四郎から吉宗にことが伝えられることも読んでいるはずであった。

「報せるんでしょ」

紅が聡四郎の顔を見た。

「うむ。飛び道具を遣うなど許せぬでな」

聡四郎は立ちあがった。

「紀州家上屋敷へ行ってくる」

夜の江戸へ、聡四郎はもう一度出ていった。

門限を過ぎていたにもかかわらず、聡四郎はすぐに吉宗と面会できた。

だが、その場に川村の姿はなかった。

「紀伊国屋がそのようなことをか」

聞いた吉宗が、不敵な顔をした。

「ふうむ。余の誘いを断っておきながら……」

吉宗が腕を組んだ。

「いや、そのようなことはよかろう。わざわざすまぬな」

「いえ」

めずらしく吉宗が聡四郎に礼を述べた。

「だが、わが紀州家の行列は鉄炮ごときでどうにかなるものではない。そなたも知っておろう。余の身辺を護っておるのが玉込め役であることは」

吉宗の言葉に聡四郎はうなずいた。

川村仁右衛門に代表される玉込め役は、その名のとおり戦場で藩主が撃つ鉄炮の弾を込めるのが役目であった。

先陣で藩主の側に控え続けることから、その身辺警固ならびに敵情視察を任とし、戦がなくなってからは直属の隠密と変じていた。

「玉込め役ほど鉄炮に精通しておる者は天下におらぬ。駕籠の板を撃ち抜き余を殺すには、どれだけの距離で撃たねばならぬかも知っておる。それがわかれば、あとは簡単なことだ。風向きを把握さえしておけば、火縄の臭いで敵がどこにいるかは容易に見抜ける」

滔々《とうとう》と吉宗が腹心たちの自慢をした。

「と存じまするが、念のために」

玉込め役のすさまじさを六郷《ろくごう》の渡しで見たのだ。聡四郎も同意するしかなかった。

「江戸を離れるのは、今月の二十五日と決めた」

吉宗が聡四郎に告げた。

「遅くはございませぬか」

参勤は決められた月の初めに動くことが多い。とくに物価の高い江戸からは一日でも早く離れたいはずである。

「絵島の一件を確認してからと思っての。余でもおらぬと間部越前守は月光院の思うとおりにしかねぬ。すでに死罪から罪一等を減じ遠島に、それをさらに遠流《おんる》にまで軽くしたのだ。それこそもう一段甘くして江戸所払いぐらいにしかねぬ。それでは、御上の規律が保てまい」

冷たい目で吉宗が言った。

後藤縫殿助、生島新五郎、山村長太夫の遠島は、すでに終わっていたが、身分の問題で、絵島の遠流、兄白井平右衛門の切腹はこの二十四日におこなわれることになっていた。

「はあ」

聡四郎は吉宗の執念深さというか用意周到さに舌を巻いた。

「品川まで見送りに来るがいい」

「はっ」

誘いに聡四郎はうなずいた。

絵島が網をかけられた駕籠で江戸を離れた日、内座に勘定奉行伊勢伊勢守貞勅《さだのり》が勘定頭と勘定吟味役に集合を命じた。

「一同、静粛にいたせ」

伊勢伊勢守が、一同を見まわした。

太田彦左衛門ら下役たちは、内座から遠慮させられていた。滅多にないことに、一座の者は緊張して伊勢伊勢守の言葉を待った。

「御用部屋より、内々の通達である。決して他言するな」

伊勢伊勢守が口止めを最初にした。

「吉原からの闇運上、月一千両を大奥から御用部屋へと移すこととあいなった」

「なんと」

「おおっ」

勘定衆からざわめきが起こった。

御免色里である吉原からは、毎月幕府に一千両が納められていた。さすがに女の血涙の上前を取っていると思われるのは恥であると、金の出入りは秘密裏におこなわれ、全額が大奥へと運ばれていた。

大奥ではこの金を表沙汰にできない代参帰りの芝居見物や、遊興、衣服の購入などにあてていた。

それを御用部屋は絵島の一件を盾にして取りあげたのだった。

「吉原からの金は、伺《うかが》い方《かた》であつかえ。なれど、帳面には残すな」

伊勢伊勢守が、命じた。

「承知」

勘定衆伺い方が、受けた。伺い方は将軍家縁《ゆかり》の寺社を管理し、さらに法事や慶事などの行事を担当した。油や廻船などの株仲間から運上金を取りたてるのも任であった。

「一千両は、金蔵ではなく、いつでも出せるようこの内座奥の内蔵で保管せよ」

言い残して、伊勢伊勢守が解散を命じた。

「大奥の勢力を削られるおつもりでございましょうな」

他言無用の話を、すでに太田彦左衛門は知っていた。

「一千両のほとんどを、月光院さまが自在になされておられた。いわば月光院さまのお手元金。それを取りあげることは、大奥の金の動きがすべて勘定方にわかるということでござる」

太田彦左衛門が語った。

闇運上がなくなってしまった大奥では、なにか一つものを買うにも勘定方に申し出なければならないのだ。

「隠し扶持などもなくなると」

「さようでございまする」

聡四郎の意見に、太田彦左衛門が首肯した。

月光院が御広敷伊賀者を自在にできたのは、この金で飼っていたからであった。

「ですが、闇運上を取りあげれば、水城さまが大奥へ踏みこまれる口上もなくなりまする。表に出た金の動きだけでは、大奥へ手を入れるには弱すぎまする」

太田彦左衛門が小さく首を振った。

その日、聡四郎は下城後、相模屋に寄った。

「父が会いたいってさ」

今朝来た紅が告げたのだ。

「遅いけど暮六つ（午後六時ごろ）に来ていいかって、父が訊いてたんだけど」

「ならば、拙者が帰りに寄る」

紅のうかがいに、聡四郎はそう応えた。そういうわけにはいかないという紅を聡四郎が抑えた。

「ならば夕餉を馳走してくれ。それならば、よいであろう。紅どのも待っていてくれればいい」

「……言いだしたらきかないわねえ。わかったわ。ご馳走用意しておく」

こうして聡四郎は相模屋を訪れることになった。

「ようこそのお見えで」

いつものように気軽に戸障子を開いた聡四郎は息をのんだ。雑然としていた土間が片づけられ、式台の上で相模屋伝兵衛と紅が正装して控えていた。

「どうぞ、奥へ」

慣れた居間ではなく客室へ案内された聡四郎は、場違いな雰囲気に落ちつかなかった。

いつものように下座に腰をおろそうとした聡四郎を、相模屋伝兵衛が無理に床の間前へと座らせた。

「相模屋どの」

「水城さま。一つだけ、お聞かせください。紅でよろしいんで」

対峙して膝をそろえた相模屋伝兵衛が、真剣なまなざしで見つめた。

「紅どのでなくば、困る」

短く聡四郎は答えた。

「ありがとうございまする」

深く相模屋伝兵衛が頭をさげた。

「では、堅苦しいのは、やめやしょう。おい、酒をな」

相模屋伝兵衛の声に、待っていたとばかりに紅が膳を運びこんだ。

「これで終わりなのか」

側に来た紅に聡四郎が問うた。

「職人だからね。あっさりしてるのよ」

真っ赤に頬を染めながら、紅がうれしそうに笑った。

「ならいいが」

こうして聡四郎と紅の婚約は整った。

聡四郎は酒を飲みながら、相模屋伝兵衛にいろいろと話をした。

「絵島どのがこと、紀伊国屋が柳沢美濃守吉保どのに命じられてしかけたなら、なぜもっと月光院さまを追い詰めなんだのでしょうや」

かねてより疑問であったことを聡四郎は訊いた。

「釣り合いを壊したくなかったのでしょうな」

相模屋伝兵衛が、杯を置いた。

「釣り合いでござるか」

「はい。大奥は、月光院さまと天英院さまでしたか、あのお二方が勢力をせめぎ合っておられた。しかし、実際は将軍さまのご生母である月光院さまが有利」

「そのとおりでござる」

「月光院さまが大奥を牛耳っておられると家継さまを擁《よう》した間部越前守さまのお力がますます強くなる。そこで柳沢美濃守さまは月光院さまと敵対している天英院さまを後押しされましたが、ここで水に落ちた犬は叩けとしてしまうと、今度は天英院さまの勢力が増すことになりかねませぬ」

「なるほど、今度は天英院さまが立ちふさがってくると」

相模屋伝兵衛の話で聡四郎は腑《ふ》に落ちた。

天英院の夫家宣と柳沢吉保の主君綱吉とは仇敵《きゅうてき》に近い関係であった。もともと互いに相容《あいい》れない仲なのだ。

共通の強敵を相手にするために手を結んでも、最後は牙を剝き合うことになるのは明白であった。

「それで柳沢さまの次の手が、紀州権中納言さまを襲うことに」

「でございましょうなあ。柳沢吉里さまを将軍さまとするに、もっとも障害となるのが紀州さま。今、月光院さま、天英院さまのお力が拮抗《きっこう》しております。どちらも独自のお方を推すことができませぬ。お互いに邪魔をなさるでしょうから。そこでもっとも有力な将軍さま候補の紀州さまを除ければ……」

「吉里さまが浮かびあがるか」

用意周到な柳沢吉保の策に聡四郎は震えた。

三月二十五日は、春らしいうららかな陽気であった。

「ご出立うううう」

参勤交代の行列を差配する供頭《ともがしら》が大声を張りあげた。

紀州五十五万石の太守徳川権中納言吉宗を乗せた駕籠が持ちあげられた。

どこの藩も内情が厳しい。早立ちの遅入りで少しでも泊まりの数を減らそうとしている。紀州家もご多分に洩れず、まだ日のあがらない暁七つ(午前四時ごろ)

ていった。

城下では控えていた制止の声をあげながら、行列は夜明けの品川宿場へと入っていった。

「寄れ、寄れ」

に上屋敷を出た。


「来たようでございまする」

高輪《たかなわ》大木戸前の茶店で待っていた聡四郎に、大宮玄馬が告げた。

「うむ」

床几《しようぎ》から腰をあげて、聡四郎は周囲を見まわした。

風は東に拡がる海から、西へと吹いていた。

火縄の匂いは強い。風に運ばれれば、かなり遠くからでも気がついた。

「鉄炮で撃つとなれば、西か」

「でございましょう」

大宮玄馬も街道沿いに建ちならぶ寺の屋根や塀に目を走らせていた。

同じように行列の先行をした玉込め役も、虱潰《しらみつぶ》しに寺や大名の下屋敷を調べていた。玉込め役にとってはいつもの行動であったが、やはり事前に襲撃が知らされているだけに慎重に慎重を重ねていた。人数不足を補うため、聡四郎についていた玉込め役も駆りだされていた。

「殿」

忙しく目を走らせていた聡四郎に大宮玄馬が声をかけた。

「うむ」

聡四郎は片膝を突いた。

武家は軽い黙礼だけで大名行列を見送るのが習慣である。こうやって片膝を突いて待つのは、行列の主と何らかのかかわりがある者の証であった。

大名行列は行軍と同じあつかいを受ける。すべてにおいて略式の礼儀が採用された。こうやって片膝を突いて見送るのもその一つである。

片膝を突いた武士を見た供頭は、駕籠が武士の前に来るところで行列を止める。しかし、駕籠はおろされない。

「殿」

そこで駕籠脇で供する家臣が、声をかけ戸を開け、主と顔を合わせるのだ。

ただし、略式なので、長く会話は交わさないのも慣例であった。せいぜい道中の無事を祈る言葉と、それに対する礼がよいところであった。

片膝を突いて顔を少し伏せた聡四郎の目に、街道ごしながら江戸湾が入った。

大半は漁に出ているのだろう、砂浜にはまばらに船が引きあげられ、沖合には百石積みをこえる大きな船が何隻か停泊していた。

その引きあげられた船の陰から三挺の鉄炮がずっと駕籠を狙っていた。三人の後ろ、網の保管に使われている苫屋《とまや》のなかでは、勘助が息をひそめていた。

「…………」

聡四郎の目がすっと細められた。

なにかが目の端で動いた。一艘《そう》の猪牙舟《ちょきぶね》が、波打ち際でゆれていた。無人ながらいつでも出せるように準備され、櫓《ろ》もへそにはめられていた。しかし、周囲に人影はなかった。

行列に目を戻した聡四郎は、その駕籠脇できびしい顔をしている川村仁右衛門を見つけた。訪ねたときには、姿を見なかったが、やはりもっとも信頼のおける家臣なのだ。川村は駕籠についていた。

聡四郎はふと脳裏に引っかかるものを感じた。紀伊国屋文左衛門ほどの者が、吉宗の行列に玉込め役がついていることを知らないはずはなかった。それをあえておこなった。そこに聡四郎はなにかの仕掛けがあると見ていた。

沖合の船が帆をあげた。明け始めた空に白い帆が映え、そこに黒々とした丸に紀の字が浮かんだ。

「玄馬」

供頭が直前に来ていたが、聡四郎は跳びだした。行列の先をつっきる形になったが、気にはしていられなかった。

「殿」

「慮外者《りよがいもの》」

玄馬と供頭の怒鳴り声が聞こえたが、聡四郎は振り返ることなく走った。帆は紀伊国屋文左衛門が海に注意をうながしたのだと聡四郎は悟った。

苫屋のなかにいた勘助が頬をゆがめた。

「ちっ。気づかれた」

船の陰に潜んでいた三人の射手もあわてて立ちあがった。鉄炮を構えて駕籠に狙いを定める。

「…………」

それを見た川村が駕籠を跳びこえて、両手を拡げ吉宗の盾になった。

轟音《ごうおん》が響いた。一人の射手が鉄炮を放ったが、少し距離がありすぎた。焦ったぶん射点がずれ、弾は駕籠脇にいた供侍の鞘に当たって止まった。

二人目は慎重に狙った。

「止めよ」

大声をあげて、聡四郎は注意を引きつけようとした。しかし、手慣れているのか射手は微動だにしなかった。

聡四郎は脇差を抜くなり投げた。寸を詰めた大太刀を腰に帯びていたが、重すぎて投擲には適さなかった。

脇差は引き金に力をこめかけた射手の胸を貫いた。

ふたたび轟音がしたが、のけぞった射手の弾は宙へと消えた。

「まにあわぬ」

聡四郎は唇を噛んだ。

三人目の射手までは対応しきれなかった。ゆっくりと引き金が絞られ、撃鉄が落ちるようすを聡四郎は見ていることしかできなかった。

しかし、弾は出なかった。

あわてて射手が撃鉄を引きあげたが、そのために狙いが一度はずれた。聡四郎は一気に間を詰めた。

「くそおお」

近づいてくる聡四郎に射手が銃口を向けた。すでに距離は六間（約一一メートル）にまで縮んでいた。鉄炮にとって必中の距離であった。

聡四郎は銃口ではなく射手の目を注視した。三度の射撃を観察して、聡四郎は撃つ瞬間ほんの少しだけ目が細められることに、気づいたのだ。

射手の右目が少し震えたように見えた瞬間、聡四郎は真横に倒れた。

轟音と火花が聡四郎の耳と目を襲った。身体に柔らかい砂の感触を感じた聡四郎は、その反動を利用して起きあがると、二歩で間合いを詰めた。

二発目を込める間はないと、射手は鉄炮を聡四郎に投げつけ、一瞬の隙を作ると懐から匕首《あいくち》を取りだして斬りかかってきた。

鉄炮の腕ほどではなかったが、鋭い一撃だった。だが、刃物の戦いでは聡四郎に遠くおよばなかった。

己の敵になりえぬ者でも、殺しあいとならば遠慮しないのが剣士であった。聡四郎は必殺の一閃をと振りかぶった。

「殺すな」

背後から吉宗の声がした。

「ぬん」

とっさに聡四郎は手首を返し、大太刀を水平にして、上段から射手の首筋を叩いた。

「ぎゃっ」

射手が苦鳴《くめい》をあげて倒れた。

大太刀を手にしたまま、慎重に聡四郎は近づいた。

「殺してはいないようだな」

川村が近づいてきた。見ると街道に立った吉宗は藩士たちに囲まれるように護られていた。

「先夜の詫びを言う。殿にいたく叱られ、一月《ひとつき》の謹みを命じられたわ」

悪いと思っていない顔で川村が告げた。

「………………」

聡四郎はそれに答えず、周囲に気を配っていた。

「紀伊国屋文左衛門の手の者か。いいものが手に入ったわ」

川村が、気を失っている射手をはずした下緒《さげお》で縛り上げた。ぬかりなく口にも手ぬぐいを押しこんだ。

「……ものか」

川村の口調に聡四郎は顔をそむけた。

下緒をつかんで射手の身体を川村が持ちあげた瞬間、轟音がした。射手の身体が跳ね、ぐったりとなった。

「しまった」

川村が死体を放り投げて伏せた。

聡四郎も膝を折った。

「殿、あそこで」

大宮玄馬が走った。

苫屋から男が一人駆けだしていた。

「よせ」

聡四郎は止めた。足場の悪い砂浜でもあり、いかに疾い大宮玄馬の足でも追いつかない距離でもあった。男はすでに猪牙舟に乗りこんでいた。捕まった仲間を殺す用意周到な敵であった。船にまだ鉄炮が用意されているかもしれなかった。

「はっ」

大宮玄馬も足を止めた。

手慣れている男は櫓《ろ》を操って、あっという間に沖合へと進んだ。

「さすがは廻船問屋というところよな」

ゆっくりと、聡四郎の背後に吉宗が歩んで来た。周囲に紀州藩士たちが散っていた。

「火縄のない鉄炮か。火打ち石をぶつけることで発火させるか」

吉宗が落ちていた鉄炮を拾いあげた。

「南蛮渡来であろうなあ。我が国でこのようなものができたとは、ついぞ聞かぬ」

しげしげと吉宗が鉄炮を見た。

「全部これに」

川村が三挺を捧げていた。苫屋に捨てられていたものもいつのまにか回収していた。

「うむ」

受けとった吉宗は、そのすべてを海へと捨てた。

大兵《だいひょう》の吉宗に渾身《こんしん》の力で投げられた鉄炮は、かなり深いところへ落ちて、そのまま沈んだ。

「新しい武器は戦を呼ぶ。このようなもの、あってはならぬのだ」

吉宗が聡四郎の顔を見た。

「国を開けば、このような武器がどんどん入ってくる。大きな力を持った者は、どうしてもそれを使いたくなる。戦国の世を見よ。織田信長は鉄炮を戦に組み入れた。その結果、どれだけの人が死んだか。かつての名のりあって正々堂々と戦っていたころの戦とは桁《けた》が違う。水城、新しいものは人を狂わせる。余は国をもっときびしく閉じるべきだと考えておる。いや、それだけではない。毎日の生活も締めねばならぬ。奢侈《しゃし》に流れるゆえ、費えがかかる。つまりは金さえあればなんでもできると思わせてはいかぬ。それは人の心をゆがませ、天下を危うくする」

しっかりとした声で吉宗が断じた。

「それは……」

言い返そうとした聡四郎は、言葉に詰まった。絵島の一件を見ても風紀が乱れていることはまちがいなかった。

「殿」

大宮玄馬が、大声で沖合を指さした。

海中から猪牙舟の上に、人影が水しぶきをつれて跳びあがっていた。

「なっ」

必死に櫓を漕いでいた勘助が、目の前に現れた男に絶句した。柿色の忍装束の男は、無言で勘助の胸に忍刀を突き刺した。

「美濃守が使役《しえき》したとは思えぬな、この体たらく」

忍装束の男があきれた。

「ぐへっ」

血を吐いて勘助が死んだ。

「吉宗か」

柿色の忍装束の男は柳沢吉里の腹心、一衛であった。

「死んでくれれば、吉里さまも腰を上げられるかとお言葉に背いてまで放置したが、命冥加《みようが》なやつめ。今は吉里さまにご意思ないゆえ見逃してくれるが、お立ちになると決められたとき、その首もらい受けるぞ」

独りごちた一衛が水中へ消えた。

「川村ぁ」

吉宗が叫んだ。

「わかりませぬ」

忍装束の正体を問われた川村が首を振った。

「つぎの参府までに、つきとめておけ」

腹心に命じた吉宗が、聡四郎に顔を向けた。

「また助けられたの。礼をせねばならぬな」

少し考えた吉宗が、口を開いた。

「聞けば、近く相模屋伝兵衛の娘と婚をなすそうじゃの」

「ご存じでしたか」

聡四郎はもう驚かなかった。吉宗の手はどこまで伸びていても不思議ではなかった。

「身分が辛かろう。右筆《ゆうひつ》どもへ婚姻の届けを受けとらせるには金がかかるぞ」

旗本の婚姻はすべて幕府へ届け出て許しを得なければならない。そしてそれは右筆の思うがままであった。

「はあ」

そのくらいのことは聡四郎も相模屋伝兵衛も気づいていた。

「相模屋伝兵衛の娘、紅と申したかの。余の猶子《ゆうし》としてやろう」

吉宗が宣した。

猶子とは子供のような者との意味である。養子ほど強いものではないが、御三家の猶子となれば、右筆の口出しは避けられた。

「ありがたき仰せなれど、身分に差が……」

断ろうとした聡四郎を無視して、吉宗が後ろで控えている家老三浦志摩守《みうらしまのかみ》に命じた。

「志摩《しま》」

「手続きをすませておけ」

「はっ」

まだ若い家老が首肯した。

「水城、次に会うのは来年だの。死ぬなよ」

聡四郎の話を聞こうともせず、吉宗はさっさと行列に戻った。

「…………」

なにごともなかったかのように、紀州家の参勤行列はふたたび動きだした。

沖合の船で紀伊国屋文左衛門は、一部始終を見守っていた。

「新式四挺はもったいないが、まあ獅子身中の虫と引き替えならば安いものか」

紀伊国屋文左衛門のもとにはすでに勘助裏切りの証拠が届けられていた。

「金の動きは隠せるものではないのさ、勘助。浅草に妾《めかけ》を囲うのはいいけど、家を買ってはいけません。それほどの金は渡してませんからねえ」

柳沢吉保の陰謀を破綻《はたん》させることで、紀伊国屋文左衛門は内部に溜まった膿《うみ》を排出したのであった。

「それにしても、新式銃を持ち帰って調べようともせずに、海へ投げすてる。やはり紀州は人の上に立つ御仁《ごじん》ではありませんね。あたらしいもの、すぐれたものを排除することは、己の目を閉じ耳を塞《ふさ》ぐにひとしいこと。一人のこと、いや紀州家だけならまだ許されましょうが、それをこの国全部に押しつけたんじゃ、日《ひ》の本《もと》は滅びますよ。前を見ない者に未来《さき》はありません。まだ吉里さまのほうがましですか。少しお若いだけにあつかいやすいでしょうからね。さて、そうなると振りだけではすみませんな。間部越前守を籠絡する手だてを考えないと」

紀伊国屋文左衛門は、なにもなかったかのように威厳を見せつけて進んでいく参勤行列に背を向けた。

「船を大島へ向けておくれ。人を迎えに行くからね」

船の碇《いかり》が引きあげられた。

二〇〇八年一月　光文社文庫刊

光文社文庫

長編時代小説
暁《ぎょう》光《こう》の断《だん》　勘定《かんじょう》吟《ぎん》味《み》役《やく》異《い》聞《ぶん》㈥　決定版

著　者　上《うえ》田《だ》秀《ひで》人《と》

2020年10月20日　初版１刷発行

発行者　鈴　木　広　和
印　刷　萩　原　印　刷
製　本　ナショナル製本

発行所　株式会社　光　文　社
〒112-8011　東京都文京区音羽1-16-6
電話（03）5395-8149　編　集　部
8116　書籍販売部
8125　業　務　部

ISBN978-4-334-79102-5　Printed in Japan

組版　萩原印刷